남
겨
진
자
  들
      의

      삶

La vita di chi resta

남겨진 자들의 삶

마르코 B. 비앙키 · 김지아 옮김

La vita di chi resta

문예출판사

차
례

생존자들을 위해

"일어날 수 있는 최악의 사건이 일어난 순간,
당신의 친구가 되어주겠소."

ㅡ존 워터스

누군가 구급차를 불렀다. 그 경황에 누가 발 벗고 나서 줬는지는 잘 모르겠다. 경비일 수도 있고, 이웃일 수도 있다.

귀청이 떨어질 듯 울려대는 사이렌 소리 덕분에 구급차가 오고 있다는 사실을 알았다. 소리는 점점 가까워지다 아파트 창문 바로 아래에서 갑자기 멈췄다.

이미 알고 있었다. 심폐소생술을 해봤자 소용없다는 것을. 상황은 이미 끝났다는 것을.

현관문을 연다.

아파트 복도와 창문에서 십수 명의 사람이 일제히 내 쪽을 바라본다. 층계참에는 이웃 사람들이 삼삼오오 모여 있다. 아무도 입을 열지 않는다. 모두 당황하고 긴장한 표정이다.

계단에서 구급대원들의 목소리와 다급한 발걸음

소리가 들려온다. 우리 집은 아파트 5층이다.

하얀 가운 차림의 구급대원 셋이 들것을 든 채 층계참에 모습을 드러낸다.

셋 다 땀을 뻘뻘 흘리면서 숨을 헐떡인다.

셋 중 맨 앞에 서 있던 대원이 주위를 둘러보다 계단 반대편에서 엘리베이터를 발견한다. 순간 그의 시선이 천장을 훑고 지나 나를 향한다.

"왜 아무도 엘리베이터가 있다는 말을 안 해줬죠?"

엘리베이터라.

S가 숨이 끊긴 채 바닥에 쓰러져 있는데 왜 엘리베이터를 타고 올라오라는 말을 안 해줬냐고?

나는 아무 말도 하지 않는다. 그의 말에 대답할 수 없다.

그날 이후 나는 수많은 질문에 침묵할 것이다.

사람들은 계속해서 내게 물을 테지만, 나는 그들에게 뭐라 대답할지 모를 것이다.

앞으로 수개월, 수십 년.

아니 영원히.

이런 일이 일어날 걸 알고 있었나요? 그럴 기미가 보였나요?

네.

그런데 왜 아무런 조치도 취하지 않았죠?

주변 사람들에게 알렸습니다. 그의 가족과 친구들에게요.

그런데요?

다들 내게 걱정하지 말라고 하더군요. 내 관심을 받고 싶어서 그러는 거라고.

당신 생각은요?

전 두려웠어요. 그가 진심일까 봐요. 그런 느낌이 들었거든요.

S와 나는 석 달 전부터 따로 살았다. 우리는 1998년 8월 말에 헤어졌다.

S는 아직도 집 열쇠를 가지고 있었다. 새로운 거처를 찾을 때까지 옷, 신발, 소지품을 그대로 놔뒀던 거다. 그는 이따금 필요한 물건을 가지러 집에 들르곤 했다.

그날 오후 S는 우리 집에서 내 사무실로 전화를 걸었다. 짧고 정중한 대화였다. 평소와는 달리 다툼도 언쟁도 없었다.

전화를 끊기 전에 S가 말했다.

"어쨌든 걱정하지 마. 네가 올 때쯤이면 나는 없을 테니까."

참고로 알려주는 거라고 생각했는데, 알고 보니 일종의 은유적 선언이었다.

그렇게 S는 내게 영원한 작별을 고했다.

입에서 입으로 전해지는 주문, 자연스럽게 형성된 공론, 무의식적인 음모나 간절한 기도처럼 모두 입 모아 내게 말한다.

"이사를 가."

부모님, 여동생, 친구들, 직장 동료들, 소식을 접한 지인들부터 심지어는 처음 보는 사람들까지.

이사를 가.

그곳을 떠나.

그 일이 일어난 후 며칠 동안 심신이 극도로 쇠약해졌다. 아직도 내가 나인지, 내가 정말 존재하는지 혼란스럽다.

하지만 이것만은 확실하다. 나는 결코 이 집을 떠나지 않을 것이다.

사람들은 이해하지 못한다. 어떻게 그토록 많은 추

억이 깃든 집에 그대로 머무를 수 있단 말인가. 우리가 함께 산 곳도, 그가 스스로 목숨을 끊은 곳도, 그리고 내가 그의 시신을 발견한 곳도 그 집인데.

그런 곳에서 어떻게 계속 산단 말인가?

나는 설명해봤자 소용이 없다는 것을 깨달았다. 아무도 지금 내가 어떤 감정인지 모른다. 아무도 깊은 심연 속으로 추락한 내 감정을 이해해주지 않는다. 다들 저 멀리 높은 곳에서 내게 조언을 던져주지만, 나는 그들과는 다른 곳에 있다.

화염에 휩싸인 이에게 물 한 잔을 주면서, 이를 거부한다고 놀라워하는 격이다.

물 한 컵을 가지고 뭘 하란 거지? 내 몸이 불타고 있는 게 안 보여? 그깟 진정제 한 알은 아무런 도움이 안 된다는 걸 왜 몰라? 그냥 불타게 내버려둬! 제발!

그들은 물리적으로 거리를 두고, 추억에서 멀어지라는 단순한 치료제를 처방했다. 수많은 추억이 이미 내 몸과 마음을 침범했다는 사실을, 그들은 모른다. 내가 이미 추억에 잠식된 것을.

설령 중국으로 떠난다 해도, 추억을 떨쳐내진 못할 것이다. 대서양과 대륙이 나와 이 집 사이를 가로막는다 해도.

나는 곧 나의 기억이다. 그와 함께한 삶과 그의 어이없는 죽음이 곧 나의 삶이다. 이 죄책감이 곧 나의 존재다.

　이사라니.

　규칙도 제대로 모르는 경기에 대해 충고하려는 저들이 가련하다. 천체물리학 문제를 주판으로 풀려는 셈이다.

사람들이 당신을 이해해주지 않거나, 도저히 이해하지
못할 때는, 내면의 목소리에 귀를 기울여보라.

　내가 이 집에서 벗어나야 한다는 사람들의 확신이
강해질수록, 이곳에 남아야겠다는 나의 결심은 더욱
확고해졌다. 아무런 의지도 없고, 결정이란 것을 내릴
수 있는 능력조차 남아 있지 않은 지금, 모든 선택권을
타인에게 넘기고만 싶고, 내 한 몸 감당하기 힘든 이 순
간에 그런 결정을 내리다니, 이상한 일이다.

　뭐 좀 먹어야지. 그래.
　가서 좀 쉬어. 그럴게.
　이사를 가. 싫어.

　절대적인 의지 부재 상태에서 오직 이사를 가지 않

겠다는 의지만 남아 있다. 이 집에 머물러야 한다는 의무감을 느낀다. 주소를 바꾼다고 나의 어깨를 짓누르는 고통(그리고 불안과 혼란)의 무게가 줄지 않으리라는 것을 나는 안다. 나의 고통은 집만 옮기면 받지 않아도 되는 택배가 아니다. 더 힘껏 달리면 피할 수 있는 추격자가 아니다. 도망치는 대신 오히려 발걸음을 멈추고 고통에 대면해야 한다. 내게는 선택의 여지가 없다.

고통은 몸을 던질 우물, 출구에 도달하려면 반드시 통과해야 할 터널과 같다. 터널 끝에 있는 것이 빛이 아니라 어둠일지라도, 나는 안다. 그곳을 통과해야 한다는 것을.

나는 문학에서 위안을 찾고자 했다.

문학은 나를 이 세상에 붙들어 매주는 구원의 닻이었다.

(인터넷이 아직 발달하지 않았던 시절이라) 나는 서점과 도서관을 헤매며 돌아다녔다. 하지만 자살과 관련된 책은 많지 않았다. 물론 자살하는 사람이 등장하는 소설은 많다. 하지만 자살을 중점적으로 다루는 소설은 거의 없었다. 심리학이나 인문사회학 책은 있지만, 그런 책들은 주로 자살 동기에 초점을 맞췄다.

확실한 것은 대부분 자료가 생존자가 아니라 자살 희생자를 다루고 있다는 사실이다.

하지만 나는 자살 희생자가 아니라 생존자다. 그래서 나와 같은 생존자들과 내 상황을 비교하고 도움받고 싶다. 왜 아무도 이들에게 관심이 없는 걸까?

왜 사람들은 남겨진 자들의 고통을 외면하는 것
일까?

사무실로 복귀한 날 동료들을 자연스럽게 대하려고 노력했다. 하지만 내 몸과 마음은 너덜너덜해진 상태였다. 눈가에 다크서클이 짙게 드리운 데다 얼굴에는 지친 표정이 역력했고 체중이 놀라울 정도로 빠르게 줄고 있었다. 내가 얼마나 쇠약해졌는지 눈치채지 않을 수 없었고, 나 역시 그런 상태를 숨길 생각이 없었다. 무슨 일이 있었는지 모두 알고 있었기에, 상황을 고려하고 내 상태에 적응할 수밖에 없었다.

다들 내게 다정하게 인사를 건넨다. 절제된 동작과 듣기 좋은 말로 위로해준다. 누군가는 나를 껴안아주고, 누군가는 내 손을 꼭 잡아주고, 누군가는 나를 어루만져준다.

나는 홍보 대행사에서 일한다. 광고 문구, 전단, 카

탈로그, 라디오 광고나 광고 콘텐츠를 만드는 것이 내 일이다.

나는 티치아나라는 동료와 사무실을 함께 쓴다.

처음 직장에 복귀한 날 오전, 나는 애써 감정을 참 다, 갑자기 울음을 터뜨린다.

이유는 알 수 없다. 어쩌면 애초에 이유라는 것은 존재하지 않았을 것이다.

티치아나는 고개를 들고 당황한 표정으로 그런 나 를 바라본다.

"가여워라……."

그녀도 눈시울이 붉어지지만, 겨우 울음을 참아낸다.

행여나 누가 지나가다 내가 우는 모습을 볼까 봐 복 도를 확인하고는, 자비롭게도 자리에서 일어나 사무실 문을 닫아준다. 이 광경을 혼자만 간직하려는 거다. 그 부담감을 혼자 떠안으려는 거다.

"집으로 돌아가."

그녀가 말한다.

"그만 집에 가는 게 어때?"

그녀는 이내 문장을 질문형으로 바꿔서 다시 권 한다.

"직장에 너무 빨리 복귀했어."

S가 죽은 지 일주일이 지난 후였다.

"집에 있는 게 더 힘들어."

　내가 흐느끼며 말한다.

　"일을 해야 해. 다른 생각을 하지 않으면 미칠 것만 같아."

　티치아나가 내 자리로 다가와 뒤에서 내 어깨에 손을 얹고 가볍게 쥔다. 애정과 친밀감의 표현이었다. 우리는 스킨십을 할 정도로 가까운 사이는 아니었다. 수년 동안 호흡이 잘 맞는 직장 동료로 일하면서, 친구로서 좋아했지만, 둘 다 유난을 떠는 스타일은 아니었다.

　게다가 그 순간 티치아나가 나를 안아주면, 내가 울음을 그치지 못하리라는 사실을 둘 다 알고 있었다. 울음을 그쳐야 한다. 나는 눈물을 닦고, 치밀어 오르는 흐느낌을 꿀꺽 집어삼켰다.

　"문을 다시 열어줘."

　"정말 괜찮겠어?"

　"괜찮지 않지만 그래도 열어줘."

　비극이 일어난 후 우리는 처음으로 공모자들처럼 서로를 바라보며 미소를 지어 보인다.

나는 고통을 감내하는 방법을 익혀야 했다. 비유적인 표현이 아니라 실제로 그렇게 해야만 했다. 말하자면 인내의 경제학이었다. 어느 정도의 고통은 참을 수 있지만, 그 이상은 무리일 것이다. 나를 한계 상황으로 내몰 것이다. 이성을 잃게 할 것이다. 충분히 있을 법한 일이다. 실제로 그런 경험을 한 적도 있다.

의식의 영역에 들이기에는 너무나 괴로워서 표면 밑 안전한 고성소에 오랜 기간 묻어두는 생각들이 있다.

그러다 때때로 대화나 이미지, 다툼, 애틋했던 순간이 갑자기 떠오른다. 뭐가 되었든 모두 다 똑같이 끔찍하다.

퇴근 후 집으로 돌아가기 위해 전차에 오른다. 불편한 플라스틱 좌석에 앉아, 지치고 우울한 마음으로 차창 밖으로 스쳐 지나가는 혼잡한 도시의 전경을 바라본다. 지극히 일상적인 그 순간, 뜬금없이 S와의 언쟁이 떠오른다.

"한 번만 더 기회를 줘."

S의 말에 나는 이렇게 대답했다.

"기회는 수도 없이 줬잖아. 이젠 끝이야."

그날 밤 다툼이 마지막이었다. S는 다음 날 우리 집을 떠나 자기 어머니 집으로 들어갔다.

머릿속에서 깨끗이 지워냈던 그 기억이 생생하고 명확하게 되살아났다. 한 번만 더 기회를 줘. 안 돼. 이제는 끝이야.

그는 삶의 연장을 부탁했는데, 나는 그의 부탁을 거절했다.

나는 괴물이다.

죄책감이 나를 덮쳐와 나를 흔들어놓았다.

S는 도움을 청했는데 나는 거절했다. 그를 구원할 수 있었는데, 그렇게 하지 않았다. 나는 괴물이다.

퇴근길 만원 전차에서, 모두가 보는 앞에서, 나는 미쳐버릴 것만 같다.

얼마나 남았지? 두 정거장이면 된다. 4분, 아니 5분만 버티자.

자리에서 일어나 사람들 사이를 뚫고 지나가 문 앞에 선다. 괴물이 나가신다, 길을 비켜라. 손잡이를 잡았지만, 뭐든 붙잡고 매달리기 위해서일 뿐, 균형을 잡기 위해서는 아니다. 첫 번째 정류장을 지났다. 내가 내릴 정류장이 가까워진다. 전차 속도가 한없이 느리게 느껴진다. 너무나 태평해서 질릴 정도다.

나는 괴물이다. 마지막 몇 미터는 고난의 길이다. 문이 열리는 순간, 나는 화염에서 빠져나가듯 전차 밖으로 뛰쳐나간다.

뛰는 듯한 잰걸음으로 집으로 향한다. 집으로 가야 한다. 지금 당장.

계단을 한꺼번에 두 개씩 뛰어올라 열쇠를 구멍에 넣고 거칠게 돌린다. 시간이 없다. 이제 거의 다 왔다. 됐다. 이제 집이다.

문을 닫고 배낭을 벗어 던진 뒤, 그대로 바닥에 쓰러진다. 바닥이 차갑고 딱딱한 포옹으로 나를 받아주는 순간, 참았던 울음이 터져 나온다. 나는 약 10분간 제대로 숨을 쉬지 못한다. 나는 괴물이야, S. 용서해줘, 나는 괴물이야. 세상 사람들 모두 나를 용서해주세요. 나는 괴물이다. 내가 한 짓을 영원히 용서받지 못할 것이다. 나는 괴물이다. 나는 괴물이다. 도와주세요. 나는 괴물이에요. 누구든 나를 좀 도와주세요.

장례식 전에 수많은 꽃다발과 위로 카드를 받았다.

그중에는 이웃에 사는 젊은 커플이 보낸 카드도 있었다.

우리는 그들과 가깝게 지냈다. 가끔 함께 저녁 식사를 하기도 했다. S는 그들의 개를 데리고 나가 산책도 시켜주고, 복도에서 놀아주기도 했다.

카드 내용은 간단했다. 딱 한 줄이었고, 내가 아니라 S에게 보내는 내용이었다. 그편이 옳다. 나는 그저 전달자일 뿐이다.

카드 내용은 이러했다.

"당신이 정말 그리울 거예요."

카드 아래에는 세 개의 서명이 있었다. 로리, 마리오 그리고 카밀로.

카밀로는 그 집 개 이름이다.

이유는 알 수 없지만, 내겐 그 카드가 가장 감동적
이었다.

나는 외적으로도 많이 변했다.

강한 정신적인 충격을 받으면 갑자기 머리가 하얗
게 셀 수도 있다고 한다.

내게도 그런 일이 일어났다. 관자놀이께가 희끗희
끗해지더니 순식간에 머리가 은발이 되었다. 전부터 새
치가 나기 시작했지만, 속도가 빨라지더니 흰머리가 급
격히 늘었다. 정신적인 충격으로 노화가 시작된 것이다.

단순히 머리카락의 문제가 아니라 몸 전체가 늙기
시작했다.

장례식을 마친 지 몇 주 후에 회의에서 만난 동료
가 나를 보고 말한다.

"살이 정말 많이 빠졌네? 대체 무슨 다이어트를 한 거야?"

그녀는 내가 그 말을 칭찬으로 받아들일 거라는 생각에, 미소를 짓는다.

나는 그런 그녀의 미소에 애써 응답한다.

"솔직히 그 누구에게도 권하고 싶지 않은 다이어트야."

그제야 동료는 실수했다는 사실을 깨닫는다.

"이런, 정말 미안해……."

그녀는 어쩔 줄 몰라 하며, 얼굴에 손을 가져다 댄다. 사실 그녀가 사과할 일은 아니다. 시간은 흐르기 마련이고, 당사자가 아닌 이상 비극을 잊는 것이 정상이니까.

잊을 수 있는 사람은 잊는다.

하지만 나는 잠시도 그 생각에서 벗어날 수 없다. 밤낮을 가리지 않고 레이저를 쏘아대는 느낌이다. 몸이 영향을 받지 않을 수 없다.

나는 내 안에 둥지를 튼 고통 그 자체가 되어가고 있다.

나와 S는 밀라노 근교에 있는 클럽에서 만났다. 둘 다 춤추는 것을 별로 좋아하지도 않았는데 말이다. 우리 가 클럽에 가는 목적은 춤추기 위해서가 아니었다. 그 나마 나는 가끔 친구들이 춤을 추고 있는 무대에 올라 음악에 맞춰 엉덩이를 흔들었지만, 그마저도 서너 곡이 끝나면 이내 지겨워졌다. S로 말하자면 춤추는 시늉도 하지 않았다. S는 바에 앉아 있거나 맥주 한 병을 손에 든 채 기둥에 기대어 주변을 둘러보았다. 그가 혼자 있 는 시간은 길지 않았다. 민머리와 파란 눈, 말아 올린 새 하얀 티셔츠 소매 밖으로 뻗은 팔뚝은 사람들의 이목 을 끌었다. S 특유의 진솔하고 남성적인 분위기는 문신 과 터질듯한 근육, 몸에 딱 달라붙는 러닝셔츠와 스키 니 진으로 남성성을 드러내는 환경에서 그를 보기 드문 상품으로 만들었다. 그는 아무것도 과시하려 하지 않았다.

사람들은 라이터가 있냐는 둥, 몇 시냐는 둥 온갖 뻔한 핑계를 앞세워 그에게 말을 걸었다. 대놓고 뻔뻔하게 그에게 접근하는 사람들도 있었는데, S는 그런 녀석들에게 한 방 먹이는 것을 즐겼다. 한번은 누군가 그에게 이렇게 말한 적이 있다.

"오늘 저녁 내내 당신을 바라보며, '저런 남자는 침대에서 어떨까?' 하는 상상을 했어요."

그 말에 S는 이렇게 대답했다.

"침대에서라면 당연히 누워 있겠죠."

한번은 어떤 녀석이 "당신 바이[†]지?"라면서 치근덕거린 적도 있다. S가 고개를 끄덕이자 그는 "우리 집으로 가서 나를 여자 다루듯 때리고 막 대해줘"라고 했고, 그 말에 S는 고개를 저으며 이렇게 말했다.

"이봐, 나는 여자에게 잘해주거든?"

S는 긴말하는 타입이 아니라, 그런 놈들을 단칼에 거절했다. S는 그런 식으로 자신은 타인이 투영한 판타지가 아니라 자기 자신일 뿐이라는 사실을 표현했다.

나는 꽤 자주 그 클럽에 갔고, S의 말로는 분명 자기도 매주 그 클럽에 들렀다고 했는데도, 처음 만난 그날 밤 전까지 우리는 단 한 번도 마주친 적이 없었다. 그

[†]   양성애자(bisexual)의 줄임말

날 먼저 다가온 쪽은 S였다. 그때 그는 서른다섯 살이
었는데, 자기보다 한참 어린 남자를 좋아했다. 당시 나
는 스물여섯이었지만, 처음 보는 사람들은 모두 나를
열여덟 살 정도로 봤다.

"언제 다른 데서 따로 만날까?"

그의 물음에, 나는 좋다고 했다.

나는 환상 속에서 내 또래 아이들과의 사랑을 꿈꿨고, 욕망 속에서는 나보다 나이가 많은 남성과의 사랑을 상상했다.

때로는 욕망이 실현되는 법이다.

열 살이라는 나이 차는 그만큼의 경험치와 성숙도를 반영했다. 처음 만났을 때 나는 대학 졸업을 앞두고 있었다. 직장 경험도 없었고, 앞으로 뭘 하면서 살아야 할지 결정하지 못한 상태였다. 그런 나에 비해 S는 이미 산전수전을 다 겪은 사람이었다. 그에겐 이혼한 아내와 아들, 기술자로서 오랜 경력이 있었다.

S와의 만남은 함께 파티에 가고, 영화관 데이트를 즐기고, 기차 여행을 떠나고, 유치한 키스를 주고받던 설익은 연애와는 차원이 달랐다.

S는 결단력이 있고, 세상을 알았다.

뭐든 고칠 줄 알았고, 경험도 많았고, 어디로 가야 할지 알고 있었다. 나이 든 이들을 대하는 데 능숙했고, 위기를 두려워하지 않았다.

S와의 만남은 어른과 관계 맺는 것을 의미했다.

그렇게 생각하니 혼란스러우면서도 흥분됐다. 그와 함께 있으면 성장하고 싶어졌다. S 덕분에 나는 빨리 어른이 됐다.

사귀기 시작한 지 얼마 되지 않아서 S는 나를 평소에
자기가 자주 다니는 장소로 데려가주었다. 같은 지역
에서 살면서도, 그의 지리는 내가 아는 지리와 전혀 달
랐다.

그는 나를 오토바이에 태우고 도시 외곽에 있는 한
번도 들어보지 못한 동네 음식점에 데려갔다. 도로 표
지판에 적힌 지명도 제대로 못 읽을 정도로 낯선 곳이
었다. 그곳에서 S는 내게 방해받지 않고 일광욕도 하
고, 수영도 할 수 있는 강의 굽이를 알려주었다.

나는 잘 모르는 자기 지인들 이야기도 들려주었는
데, 내게는 그들이 문학작품에 나오는 주인공처럼 느껴
졌다.

우리는 동시대인이었지만, 서로 다른 시대에 속했다.
S는 공동체 의식이 강한 전통적인 마을의 범주를

벗어나본 적이 없는 사람이었다. 태어날 때부터 동네 사람 모두 서로를 알고 있고, 관습과 전통을 열심히 이어나가는 그런 곳 말이다. 그에 비해 나는 대도시의 위성 도시에 속했다. 문명의 이기가 지척에 있고, 직장, 저녁 시간, 인간관계를 포함한 삶의 모든 선택이 외부를 중심으로 이루어지는 그런 곳 말이다. 내가 속한 세계에서는 아이들과 노인 빼고, 모든 주민이 매일 바쁘게 도시로 통근했다.

나는 사투리를 알아듣기는 했지만, 구사하지는 못했다. 나는 표준어만 사용했다.

그에 비해 S는 사투리와 표준어를 본능적으로, 자유자재로 오갔다.

나와 함께 자기 동네를 산책하다 누군가와 마주치면, 바로 자연스럽게 사투리 모드로 전환했다.

그와 만날 때마다 열 살이라는 나이 차가 배로 불어나는 것만 같았다. 그 천문학적인 차이에 나는 더욱 매료되었다. 걷잡을 수 없이 그에게 이끌렸다.

(어떻게 나 같은 사람과 사귀는 거야? 그는 도저히 못 믿겠다는 듯이 내게 묻곤 했다. 그럴 때마다 나는 뭐라 대답해야 할지 몰랐지만, 그 없이는 못 살 것 같았다.)

사랑이란 감정은 때로는 친근감에서, 때로는 주위의 여건에 따라, 때로는 공통적인 환경과 친구들로부터, 때로는 순수한 육체적인 이끌림으로 시작된다. 외모가 어울려서, 이상이 같아서 사랑에 빠질 수도 있고, 한눈에 반할 수도 있다.

우리의 사랑은 도전이었다. 주변 환경만 생각하면 불가능할 것만 같았기 때문이다. 자라온 배경도, 사회적 계층도, 가족도, 교육도, 문화도 너무나 달랐다.

우리는 그런 차이 따위는 무시하기로 했다. 그렇게 하는 편이 오히려 흥분됐다.

하지만 결과가 이렇게 되고 보니, 무모한 도전이 아니었나 하는 생각이 든다.

사실은 우리 모두 안다. 사랑이 시작되는 방식은 사랑이 끝나는 방식과 아무런 관계가 없다는 것을. 그

건 처음 사랑에 빠진 두 사람이, 결국 이별을 선택하는
두 사람과 다른 사람이기 때문이라는 것을.

그는 목을 매었다.

　지금껏 그 사실을 털어놓지 못했다.
　20페이지나 글을 쓰고 나서야 진실을 밝힐 용기가
생겼다.

회사에서 일하는 일러스트레이터의 형이 자살을 시도
했다는 소문이 돌았다. 창문에서 뛰어내렸는데, 기적
적으로 살아남았다고 한다.

소문은 내게도 도달했다.

우리 회사는 소수의 정직원과 외부 협력 관계에 있
는 수많은 프리랜서로 돌아간다. 이들이 근육처럼 이완
과 수축을 쉼 없이 반복하며 다양한 결과물을 취합하
고, 내어놓는다. 사진작가, 그래픽 디자이너, 일러스트
레이터, 감독, 음악가 등 수많은 사람 중에서 어떤 이들
은 프로젝트에 참여했다가 사라지고, 어떤 이들은 거
의 회사에 소속된 것처럼 자주 보는 사이가 된다.

로베르토는 후자에 속했다. 그는 실력 있는 일러스
트레이터였다. 그의 작품은 서정적이고, 언뜻 보면 어
린아이의 그림 같았다. 화사한 색상을 주로 사용한, 팝

아트적인 그림을 그렸다. 무엇보다 마감을 철저히 지켰는데, 그런 부분은 협력 관계에 있는 프리랜서에게 그림 실력만큼이나 중요한 요소였다.

그는 새로운 홍보 캠페인을 의뢰받아 회사를 방문했지만, 업무와 관련된 설명을 듣기 전에 내게 먼저 들렀다.

"이야기 들었어요?"

그가 묻는다.

나는 그렇다고 한다.

그는 몇 달 전부터 형이 무감각해지고 우울증 증세를 보였다고 했다. 하지만 때로는 완벽한 정상일 때도 있었다고 했다.

"힘든 시기를 겪고 있다는 걸 알고는 있었지만, 아무도 형 상태가 그 정도로 심각한지 몰랐어요. 정말이에요. 전혀 몰랐어요."

그는 내게 변명조로 말한다. 우리에게는 똑같은 책임이 있다. 우리는 같은 신호를 잘못 이해했다. 나 역시 당신과 똑같은 죄인이지만, 그렇다고 내가 당신의 죄를 사해줄 수는 없는 거라고 말하고 싶다. 그럼에도 나는 그가 말을 계속하도록 내버려둔다.

그 일은 해변에서 일어났다. 그의 가족은 리구리아에 작은 아파트를 소유하고 있는데, 그의 형은 가족들에게는 친구와 함께 간다고 말하고, 주말에 혼자 그 집에 갔다. 그날은 금요일이었는데, 도착한 지 두 시간 정도 지나서, 형은 창밖으로 몸을 던졌다.

그는 이미 그곳에서 일을 치르기로 마음먹었고, 더는 참지 못해 몸을 던졌을 것이다(이 부분은 로베르토가 말한 건 아니고 내 생각이다). 심한 골절과 큰 상처를 입었지만, 그래도 나뭇가지가 충격을 완화한 덕분에 생명에는 지장이 없을 거라고 했다.

"참담해요."

그가 말한다.

이제 내가 말할 차례다.

"아니에요. 형님은 살아 있잖아요. 그렇게 괴로워할 필요 없어요. 당신은 충격을 받은 것뿐이에요. 참담한 건 저죠. 제겐 돌이킬 방안이 없으니까요. 적어도 당신은 아직 형을 안아줄 수 있잖아요."

로베르토는 형 대신 나를 안아준다.

"젠장, 당신 말이 옳아요……."

그는 내 어깨에 얼굴을 파묻은 채 흐느낀다.

겪어본 사람만 이해한다. 겪어본 사람만 안다.

구급대원들이 천을 덮은 S의 시신을 들것에 싣고 내려갈 때, 처음으로 낯익은 얼굴이 나타난다.

이웃사촌 사라다.

사라는 정신과 전문의다.

그녀는 집으로 들어와서 내게 다가오더니 안아준다.

"어제 오후 내내 그와 함께 있었어. 그때까지만 해도 이런 일을 저지를 신호는 보이지 않았어. 친구가 아니라 정신과 전문의로서 하는 말이야."

그녀의 이 말은 지금 일어난 일을 아무도 예측할 수 없었으며, 무엇보다 그 일은 내 책임이 아니라는 사실을 알려주려는 최초의 시도였다.

나는 그로부터 며칠, 몇 주, 몇 달 동안 내게는 아무런 죄가 없다는 말을 매번 다른 표현으로 수백 번도 넘게 듣게 될 것이다.

사라가 온 지 얼마 되지 않아 경찰 두 명이 도착했다. 아마도 구급대원들이 불렀을 것이다. 아니면 경비가 불렀을 수도 있다. 솔직히 잘 모르겠다.

그들은 내게 질문하고, 나는 그들의 질문에 대답한다.

둘 중 한 명이 탁자 위에 쌓아놓은 편지 뭉치를 본다.

"저건 뭐죠?" 하고 그가 묻는다.

"그가 남긴 편지들입니다."

경찰이 편지들을 손에 쥐고 훑어본다.

"이 편지들은 저희가 가져가야 합니다. 아시죠?"

"안 돼요!" 하고 내가 말한다. 하지만 나는 그들에게 말하는 대신 사라에게 그럴 수 없다고 속삭인다. 그녀가 나 대신 처리해주었으면 좋겠다. 내게는 따질 힘도, 싸울 힘도, 애원할 힘도 없으니까.

사라는 내 마음을 바로 알아챈다.

"부탁이에요. 그 편지들은 고인이 부인과 아들에게 남긴 겁니다. 그가 남긴 유일한 유품이에요."

경찰은 사라의 눈을 바라본 후, 나를 응시한다. 그의 손에는 한 인간 운명의 파편이 봉인된 봉투 형태로 들려 있다. 처음에는 눈 하나 깜짝할 것 같지 않더니, 동정심이 직업 윤리를 이겼는지, 아무 말 없이 편지들을 탁자에 다시 올려놓는다.

"감사합니다" 하고 사라가 말한다.

경찰은 고개를 끄덕여 보이고 다른 방으로 간다.

이런 경우에 일이 어떻게 진행되는지 아는 바가 없었다. 시체 안치실까지 따라가야 하는지, 경찰 조사를 받아야 하는지, 경찰서까지 가야 하는지 몰랐다.

하지만 아무것도 하지 않을 것이다. 적어도 나는 말이다.

시체 안치실에는 그의 가족이 가야 할 테니까. 가족이 신원을 확인하고, 관을 선택하고, 그를 집으로 데려갈 것이다(물론 여기가 아닌 그의 어머니 집으로 말이다).

나는 그와 7년 동안 함께 살았다.

이탈리아 법률상 나는 그와 아무런 관계도 아니다.

나는 그의 인생에 존재하지 않는다.

사람들은 내게 충고한다.

이사를 가.
떠나.
휴가라도 가.
분위기를 바꿔봐.
상담을 받아.
항정신제를 복용해봐.
신부님에게 도움을 청해.
불교를 믿어.
자살예방센터에서 전화 상담이라도 받아봐.

사라는 내게 도움을 줄 만한 사람을 찾아보라고 조언
했다. 상담사나 이야기를 나눌 전문가를 찾아보라고
말이다.

이 분야의 권위자라면서, 자기 지도 교수를 소개해
주었다. 사라는 모든 것을 그 사람에게 배웠다고 했다.
사라의 말투에서 그를 향한 무한한 존경심이 드러났다.

나는 그녀를 믿는다. 그래서 그녀가 하는 대로 내버
려둔다.

나는 곧바로 그와 만나기로 했다.

장례식이 끝난 지 며칠이 채 지나지 않아 아직도 충
격에서 벗어나지 못한 상태다. 재도약을 꿈꾸기에는 너
무나 깊은 심연에 빠져 있다. 도움을 구하는 것은 시기
상조다. 누군가 손을 내민다 해도, 그 손을 잡지 못할 것

만 같다. 손을 보지도 못할 것이다.

그럼에도 나는 약속을 잡았다.

그는 자신이 정신과 과장으로 일하는 의료원에서 만나자고 했다. 접수처에 물으니 그의 진료실이 몇 층 몇 호에 있는지 알려준다. 나는 기계적으로 움직이는 좀비다.

진료실 문에 그의 이름이 쓰여 있었지만, 그는 보이지 않는다. 나를 발견한 간호사가 내게 방문 목적을 묻는다. 그녀에게 설명하자, 곧바로 그를 부르러 간다.

서둘러 진료실로 돌아오는 모양새를 보아하니 다른 일을 보다 내게 온 듯하다. 이미 꽉 찬 일정에 자기 제자인 사라를 존중하는 마음에 애써 시간을 내어준 게 틀림없다.

나라는 사람은 타인에게 부담을 주는 부탁이다.

의사는 내게 앉으라고 하더니 나를 어떻게 도와주면 좋겠냐고 묻는다.

그 질문에 정답이란 것이 있을 수 있을까?

있다. 아무것도 하지 않는 것이 나를 도와주는 일이다. 나를 위해 무언가를 해줄 수 있는 사람은 아무도 없다.

"잘 모르겠습니다, 선생님" 하고 내가 말한다.

"사라에게 이야기 들었습니다"라고 그가 말한다.

한 분야의 권위자라고 하기에는 너무 젊다. 아무리 봐도 쉰 이상은 되어 보이지 않았다. 언젠가 그가 자신의 생일 파티에 깜짝 방문했다는 사라의 이야기가 생각났다. 사라는 그의 방문이야말로 예기치 못한 가장 멋진 선물이었다고 했다. 제자들의 생일 파티까지 챙기는 의학계의 젊은 권위자라니. 그가 소맷단을 말아 걷어 올린 채, 웃으며 맥주를 마시는 장면이 떠올랐다. 나의 무의식이 내가 경험하지 않은 삶의 순간들을 무작위로 이어 붙여 보여주고 있었다.

"너무 아파서 죽을 것만 같아요."

내 말에 그는 걱정스러운 표정으로 고개를 끄덕인다.

"시간이 필요하겠지만, 결국에는 고통에서 벗어날 수 있을 겁니다."

그는 내 감정 상태를 임상적으로 분석했다. 그는 내가 고통과 낙담 상태에 있다면서, 이를 극복할 방안을 설명해준다. 그는 세심하고, 본질을 꿰뚫어 볼 줄 알았다. 그는 내게 다른 사례와 치료 기간을 설명해준다.

그의 이야기를 듣는데, 갑자기 두 눈에서 눈물이 흘러내린다. 재채기처럼 나의 의지와는 상관없이 나온 반응이었다.

그는 정신과 상담을 받으면 도움이 되겠지만, 자기

는 현재 스케줄이 꽉 차서 나를 맡을 수 없다고 했다.

　그런 사람을 스승으로 둔 제자라면, 매료될 수밖에 없을 것 같았다. 그는 권위 있으면서도 상냥하고, 상대방의 마음을 편안하게 해주었다. 하지만 그의 실용적인 설명이 내 귀에는 외국어처럼 들린다.

　상담이 끝나간다. 그는 임무를 마친 전문가의 표정으로 내 손을 잡는다. 아마도 그는 꽤 훌륭히 자기 일을 마쳤을 것이다.

　단지 내가 그의 말을 이해하지 못했을 뿐.

　5분 후 병원 밖으로 나온다. 나는 혼자다. 이해할 수도 없고, 제어할 수도 없는 생명력으로 가득한 도시가 나를 향해 비명을 지른다.

　내 몸의 근육이 나를 집으로 가는 길로 이끈다.

연애 초 나와 S는 주로 차에서 시간을 보냈다. 하루는 밤에 드라이브하던 중에 내가 살던 동네에서 얼마 떨어지지 않은 들판에 버려진 건물을 한 채 발견했다. 벽이 무너진 건지, 아니면 건축 중에 작업이 중단되었는지 기둥과 지붕만 남은 건물이었다. 사실 벽이 있든 없든 우리는 별 상관이 없었다. 사막 한가운데 짓다 만 대성당, 골조만 남은 농장이나 창고 같은 건물을 우리만의 비밀 은신처로 삼는다고 생각하니 즐거웠다.

우리는 지붕 밑에 차를 세워놓고 몇 시간 동안 차에서 이야기를 나눴다.

비가 내릴 때면 운전석 위에 지붕이 있다는 생각에 기분이 좋았다. 덕분에 소낙비가 내려서 주변 들판에 빗물이 가득 차서 넘쳐도, 우리는 비에 젖지 않고 차에서 내릴 수 있었다.

마음속 지도의 일부가 되는 장소들이 있다.

S와 동거를 시작한 지 한참 후에 차를 타고 그 근처를 지날 때면, 들판에 버려진 건물을 보고 과거 그곳에서 함께 보낸 수많은 밤을 추억하며 미소를 주고받았다.

언젠가는 없어질 건물이었다. S가 죽은 지 몇 달 후에 실제로 그렇게 됐다. 마치 그 폐허도 S가 사라진 세상에 존재해야 할 이유를 잃은 것처럼 말이다.

솔직히 골격만 남은 채 들판 한가운데 덩그러니 남겨진 그 건물이, 우리 사랑의 초기를 아름답게 밝혀주던 그 위험한 신전이 사라져서 기쁘다. 건물의 붕괴는 순례의 길을 떠나고픈 유혹에서 나를 보호해주었다.

나는 읽은 책을 두 번 다시 읽지 않는다. 적어도 처음부터 끝까지는. 특정 부분을 읽고 싶을 때, 몇 페이지나 문장을 찾아 읽을 때는 있지만, 책을 완전히 다시 읽는 일은 거의 없었다.

그런데 그런 일이 일어났다. 어렸을 때 읽은 미국 작가가 몇 년 만에 신작을 내면서 다시 주목받아 어머니 집에 보관하고 있던 상자 안에서 그의 첫 단편집을 찾아 훑어보게 되었는데, 읽다 보니 내용이 하나도 기억나지 않았기 때문이다. 책 내용이 무엇인지, 내가 그 책을 좋아했었는지조차 전혀 기억나지 않았다. 책을 읽은 지 너무나 오랜 시간이 흘렀기 때문이다. 결국 나는 나만의 규칙을 깨고, 그 책을 다시 읽기로 했다.

S가 죽은 날 전차에서 읽던 책이 바로 그 책이다. S의 시체를 발견하기 전에, 세상이 폭발하기 전에, 공허가

시작되기 전에 내 머릿속에 들어온 마지막 단어들은
그 책에 나오는 문장들이었다.

　그러다 보니 무의식적으로 나의 비극과 그 책 사이
에, 격렬한 고통과 작가의 이름 사이에 비이성적이고,
독단적이고, 무자비한 연관성이 형성되었다.

　운명은 몇 년 후 그 작가와 나를 우연히 만나게 했다
(이게 다 운명이 변태적이기 때문이다. 나는 그 사실을 이제야 이
해했다). 둘이 같은 문학 행사에 참석하게 되었다. 우리
는 서로에게 호감을 느꼈고, 주소와 이메일을 교환했다.
그 후로도 가끔 다른 행사에서 마주치기도 하고, 그가
내게 안부를 묻는 이메일을 보내기도 한다.

　내 삶에서 가장 어두웠던 날을 그가 상징적으로 함
께했다는 이야기를 그에게 털어놓지는 않았다. 그가 어
떤 반응을 보일지 몰라서였다. 그런 불쾌한 우연에 그
를 동참시키는 게 무슨 의미가 있을까 싶기도 했다. 그
런 경험은 하지 않게 해주는 것이 낫다.

　하지만 메일 수신함에 그의 이름이 나타날 때마다,
아직도 내 마음속에서는 미세한 지진이 일어난다.

내겐 S의 사진이 거의 없다.

요즘 같으면 휴대전화 용량이 꽉 찰 정도로 사진이 많아야 정상이지만, 그때만 해도 휴대전화 카메라 화질이 형편없어서 사진은 응당 사진관에서 인화해야 한다고 생각했다.

휴가철이나 명절, 집에서 찍은 앨범이 몇 권 있기는 하지만 요즘 사람들이 (생산하고) 보관하는 엄청난 양의 이미지와 비교하면 얼마 되지 않았다.

무엇보다 그와 함께 찍은 동영상이 하나도 없었다. 그의 움직임, 걸음걸이, 미소, 말하는 방식을 담은 영상이 하나도 없었다.

목소리를 녹음한 파일도 없었다.

요즘 신세대는 도저히 이해할 수 없을 일이다. 다른 사람이 내 입장이었으면 몹시 안타까워하거나, 심지어는 절망했을 것이다.

하지만 의외로 나는 그렇게 힘들지 않았다.

지금도 눈을 감으면 그의 모습이 뚜렷이 보인다. 그의 안정적인 걸음걸이와 고개를 숙이며 내게 말을 거는 모습, 영리하고 예리한 눈빛, 눈가의 주름과 미소를 지을 때 사라지는 얇은 입술이 똑똑히 떠오른다. 그의 목소리, 웃음소리가 정말로 들리는 듯하다.

그러니 그의 모습을 떠올리기 위한 물리적인 도움은 필요하지 않다. 그의 존재는 지울 수 없는 기술력으로 내면의 하드 디스크에 새겨졌다.

그를 증오한다. 그런 일을 저지른 그를 증오한다. 어떻게 나를 이 악몽 속에 밀어 넣을 수 있단 말인가? 나와 그의 아들과 그의 노모와 그의 가족 모두를 말이다. 어떻게 그럴 수 있단 말인가?

너는 개자식이야. 진짜 개자식이야, S. 빌어먹을 이기주의자 같으니라고.

때때로 날이 저물고, 밤이 오면, 나는 홀로 집에서 악을 쓴다. 우리가 함께 살던 집에서 벽을 향해 외친다.

나는 그를 증오하지만, 그와 동시에 그를 도저히 증오할 수 없다는 사실을 깨닫는다. 그는 이미 자신을 스스로 벌했기 때문에, 내가 내리는 벌까지 가중할 수는 없다.

내 자아는 증오와 사랑, 분노와 연민, 격분과 애틋함, 저주와 이해의 모순된 감정 속에서 논쟁을 벌인다.

정반대의 두 개의 힘이 충돌해 나를 찌부러뜨린다.

내 감정을 이해할 수 없다. 어떻게 한순간에 이토록 극과 극의 감정을 느낄 수 있단 말인가. 때로는 동시에, 때로는 같은 생각 속에서.

한 방향으로 표류하는 것이 아니라, 양쪽으로 찢어져버렸다. 나는 으스러져 사방으로 흩어져버렸다.

장례식에서 S의 관을 든 네 명 중 한 명은 그의 사촌이다. 누가 그 사실을 내게 알려주었는지는 잘 기억나지 않는다. 고통이 많은 것을 지워버리는 바람에 그날에 대해서는 혼란스럽고 파편적인 기억뿐이다. 그러고 보니 S가 언젠가 그 사촌에 관한 이야기를 했던 것 같다. 그의 집에서 불과 몇백 미터밖에 떨어지지 않은 같은 동네에 사는 이종사촌이라고 했다. S보다 열 살 정도 어렸지만, 그의 말로는 자기를 닮은 유일한 친척이라고 했다.

장례식 전에는 본 적이 한 번도 없었는데도, 처음 보는 순간 그가 바로 S가 말한 그 사촌이라는 사실을 알 수 있었다. 그렇다. 둘은 정말 많이 닮았다. 갑자기 그 신체적 유사성이 내가 집중할 수 있는 유일한 대상이 됐다. 그에게서 눈을 뗄 수 없다. 그의 얼굴과 시선과 몸짓에서 S의 흔적이 보인다. S의 몸에서 떨어져 나온 불꽃 하나가 지금 이곳, 내게서 불과 몇 걸음 채 떨어지지 않은 곳에서 살아 숨 쉬는 그의 사촌 안에 존재하는 것만 같다.

그를 만지고, 팔을 잡아채고, 손을 꼭 잡고, 껴안고, 관을 운반하는 임무에서 그를 자유롭게 해, 관에서 멀리 떨어뜨리고 싶다.

하지만 나는 아무것도 하지 않는다. 나는 꼼짝하지 않는다.

장례식 도중 이따금 우연히 그가 있는 쪽으로 시선이 갈 때마다 그의 몸짓과 그의 표정에서 S의 몸짓과 표정의 메아리를 찾는다.

S의 죽음을 기리는 자리에서 생명의 흔적을 찾는다.

이 비극을 신의 도움 없이 견디고 있다.

나는 가톨릭 가정에서 성장했다. 우리 집에서 믿음은 언제나 실용적이고 구체적인 의미가 있었다. 할머니는 성당에서 자원봉사를 하셨고, 할아버지는 교구의 고장 난 모든 물건을 수리하고 다니셨다. 큰아버지와 고모는 둘 다 성직자가 되어 수년간 중앙아프리카 가장 빈곤한 지역에서 선교사로 활동했다.

우리 집에서 믿음은 곧 실천이었다. 멀리 있는 추상적인 개념이 아니라 행동이었다. 우리 집에서 믿음이란 서랍 속에 넣어두었다가 주일마다 한 번씩 꺼내어 기도를 바치는 성화가 그려진 인쇄물이 아니었다.

내 주변 사람들은 믿음을 몸소 실천했지만, 내게는 그럴 만큼 믿음이 충분치 않았다.

　나는 어느 순간 믿기를 그만두었다. 정확하게 언제부터였는지는 잘 모르겠다. 사춘기와 성년 사이 그 어느 지점이었던 것 같다. 그때 나는 사람들이 신앙이라 부르는 확신이 더는 내 안에 존재하지 않는다는 사실을 알게 되었다.

　그때 그 사실을 실감했다.

　나는 비극을 통해 신과 가까워지지 않았다. 고통은 나를 위선자로 만들지 못했다.

　종종 내가 신에게 의지하지 않아서 이 순간이 더 힘든 것은 아닌지 자문해본다.

　내게는 애원할 신도 없지만, 내 모든 분노를 쏟아낼 신도 없었다.

　두 경우 중에 어느 편이 이득이고 어느 쪽이 손해인지 모르겠다.

이런 비극의 희생자가 되면, 모든 것을 끝내고 싶다는 생각밖에 들지 않는다. 세상으로부터 멀어지고 싶고, 한 번에 모든 괴로움에서 벗어나고 싶어진다. 하지만 그건 절대로 할 수 없는 유일한 일이기도 하다.

그 일이 주변 사람에게 가져오는 정신적인 피해가 얼마나 큰지 두 눈으로 목격했으니까. 사랑하는 사람이 지금 내가 경험하는 지옥을 겪게 할 수는 없다.

이야말로 완벽한 모순이자, 숭고한 잔혹함이 아닌가.

세계적으로 40초마다 한 명이 자살한다.

　매년 100만 명 이상이 스스로 목숨을 끊는다(살인이나 전쟁으로 발생하는 사망자 수보다 높은 수치다).

　성공하지 못한 자살은 이보다 열 배는 많을 것으로 추정된다.

　이탈리아에서만 연평균 4,000여 명이 자살한다.

　세계보건기구는 자살을 사망 원인 12위로 꼽았다.

　대상 연령을 15세 이상 44세 이하로 좁히면 사망 원인 3위가 된다.

통계적으로 자살을 시도하는 사람은 여성이 많고, 자살에 성공하는 사람은 남성이 많다.

이 수치는 실제보다 낮을 가능성이 크다. 자살에 관해 말하는 것을 터부시하고 사회적으로 낙인찍는 풍조 때문에 자살과 관련된 정보는 많지 않은 편이다. 따라서 상당한 자살 사례가 (실수 또는 의도적으로) 자살이 아닌 다른 원인의 사망으로 분류될 가능성이 크다.

세계적으로 자살하는 사람들이 이토록 많다는 증거와 자료가 있는데, 왜 사랑하는 사람의 자살을 겪고 생존한 이들은 여전히 절망에 빠져 세상에서 그런 일을 겪은 사람은 자기뿐이라고 느끼는 걸까?

정확히 말해서, 왜 나는 여전히 그렇게 느낄까?

의식적으로든 무의식적으로든 자살하는 자는 남아 있는 자를 붙들고 늘어진다. 그 일이 일어난 날 우리는 그들과 함께 허공을 향해 몸을 던졌다. 상대방의 몸은 살아날 가망이 없지만, 나의 몸은 긁힌 상처 하나 없이 무사하다. 퉁퉁 부풀어 오른 것은 나의 영혼뿐이다.

　우리는 각기 다른 방식으로 살아남지 못했다.

　이토록 고독했던 적은 없다.
　이보다 더 혼자였던 적은 없었다.

S가 떠난 후 몇 주 동안 저지른 수많은 미친 짓 중에는 애먼 대상을 향해 쏟아낸 가슴 절절한 고백도 있다. 그들도 역시 이 사건의 희생양이다.

나는 나도 모르는 새 참지 못하고 잘 알지도 못하는 사람들에게 내게 일어난 일을 주저리주저리 늘어놓았다. 그들은 안부차 "어떻게 지내?"라고 물었다가 끔찍한 대답을 듣고는, 적절한 반응을 보이려고 안간힘을 썼다.

보내지 말아야 하는 편지를 두 통 보낸 적도 있다. 그중 한 통은 오랫동안 연락이 뜸했던 여자 사람 친구에게 보냈고, 다른 한 통은 출판 프로젝트 때문에 연락하고 지내던 미국인 교수에게 보냈다. 나는 두 사람에게 각각 이탈리아어와 영어로 길고 상세한 사건의 전말과 함께 지금 내가 어떤 상황을 겪고 있는지 들려주었다.

　당시 수많은 사람이 내게 안부 문자를 보냈는데, 왜 하필 그 둘에게 마음을 열기로 했는지 모르겠다. 친구는 오래전 마음을 터놓고 지내던 사이였다는 빈약한 이유가 있었고, 미국인 교수 양반은 이렇다 할 이유가 없었다. 고통에 눈이 먼 나머지 분별과 무분별, 신뢰할 수 있는 벗과 타인을 구분하지 못했던 것 같다. 어찌 되었든 당시에는 그 둘에게 심정을 털어놓는 것이 지극히 정상적인 행동이라고 느꼈다. 몇 달이 지난 후에야, 매우 불편한 마음으로 그때 일을 되돌아보게 되었다. 예상대로 교수는 내 편지에 답하지 않았다. 아마 평생 그와 다시 연락할 일은 없을 것이다. 친구로 말하자면, 그로부터 한참 시간이 흐른 후에 그녀를 다시 만났을 때, 내 편지를 받고 혼란스러운 나머지 어떤 반응을 보여야 할지 몰랐다고 털어놓았다.

　어떤 면에서 둘 다 상황의 우연한 희생자인 셈이다. 폭발 사고가 일어나면 우연히 피해 입는 이가 반드시 있는 것처럼.

연애 초기에 내가 S를 떠나려 했던 적도 있다.

만난 지 몇 주가 지나도록 둘 중 아무도 우리의 관계를 정의 내리고, 의미와 명칭을 부여하려 하지 않았다.

우리 둘의 차이는 우리를 가깝게 하기보다는 멀어지게 했다. 그와의 데이트는 즐거웠지만, 그뿐이었다.

우리의 감정은 호기심이었을까? 자석처럼 반대 극을 향한 이끌림이었을까?

무엇이든 간에 나는 그 감정이 빨리 소진될까 봐 내심 두려워하고 있었다. 결국, 어느 날 저녁 나는 S에게 멀지 않은 우리의 결말을 예고하려 했다.

나는 그에게 이런 식으로 계속 만나는 게 의미가 없을 것 같다고 했다. 나는 진심으로 그도 나와 같은 마음일 거라고 생각했다. 내 눈치를 보느라 솔직하게 말하지 못하는 문제를 내가 먼저 꺼냈다고 생각했다.

하지만 그는 예상치 못한 반응을 보였다. 그는 내 확신을 전복했고, 게임은 다시 시작되었다.

그는 내게 사랑한다고 했다.
그렇게 우리의 관계는 새로운 국면을 맞았다.

친구의 초대로 스위스 국경 지대에 있는 산에서 주말을 보내게 된 나와 S. 춥고 눈이 내리는 데다 스키를 탈 줄도 몰랐지만, 우리는 엽서에나 나올 법한 겨울 정취를 마음껏 만끽했다. S와 나는 부츠를 신고 산책을 하다가, 재미 삼아 경사에서 썰매를 타고, 저녁이면 그곳 사람들과 모닥불 앞에 모여 앉아 뱅쇼를 마셨다.

우리를 초대해준 친구는 우리에게 동네에서 근처에 있는 오두막을 내어주었다. 오븐, 작은 주방과 더블베드가 있는 다락방까지. 욕실 빼고 없는 것이 없었다. 유일하게 없는 건 욕실이었다.

"볼일은 숲에서 봐."

친구가 웃으며 말했다.

첫날 밤에 우리는 피로와 술기운을 이기지 못하고 늦은 시각 잠자리에 들어 정신없이 곯아떨어졌다.

그런데 한밤중에 S가 자리에서 일어나는 소리가 들렸다.

"어디가?"

"오줌 누러."

그가 말했다.

때는 12월이었다. 밖에 나가면 얼어 죽을 것 같은 날씨였다. 낮에도 추웠는데 밤은 오죽할까.

"그렇게 나가지 말고 뭐라도 걸치고 가."

S는 여름이든 한겨울이든 벌거벗고 잤다.

"잠깐이면 돼."

그는 내게 그렇게 둘러대고 밖으로 나갔다.

나는 그가 돌아오기를 기다렸다. 1분이 가고, 2분이 지나도 그는 돌아오지 않았다. 대체 뭘 하는 거지? 왜 이렇게 시간이 오래 걸리지? 슬슬 걱정되기 시작했다. 너무 추워서 심장마비가 온 건 아닐까? 침대에서 일어나보려는 참에 끼익하고 문 열리는 소리와 함께 다락방 계단을 오르는 발걸음 소리가 들렸다.

"왜 이리 오래 걸렸어?"

그는 뭔가 켕기는 게 있는 듯한 표정으로 미소를 지었다.

"나간 김에 담배도 한 대 피웠어."

"미쳤어?"

그는 자신의 대담무쌍한 행동을 재미있어하면서

꿍꿍이가 있는 듯한 눈빛으로 나를 바라보았다. 어떻게 몸을 덥힐지 이미 생각해놓은 것이다. 그는 순식간에 나를 덮치고, 내 파자마를 벗겼다.

그의 몸은 얼음장처럼 차가웠고, 내 몸은 녹아내렸다.

몇 번의 이사와 휴가, 자동차 여행, 소파에 앉아 TV를 보며 보낸 수많은 저녁, 발코니에 있는 작은 식탁에 차린 저녁……. S와의 추억은 우리가 함께 보낸 7년의 세월로 이루어졌다. 하나같이 소중하고, 안타깝게도 돌이킬 수 없는 소소한 일상이 이제는 거대한 눈사태가 되어 나를 덮쳐온다.

그중에는 당연히 섹스에 대한 기억도 있다. 우리는 서로에게 홀딱 빠져서 서로를 향해 참을 수 없는 욕망을 느꼈다. 연애 초반에는 서로의 몸에서 손을 떼지 못했다. 그때 기억의 파편들이 무의식적으로 꿈에 다시 나타나기 시작했다.

그럴 때마다 나는 놀라고 혼란스러운 상태로 꿈에서 깼다. S와 내가 껴안고 사랑을 나누는 모습은 내게 위안을 주고, 화목하고 행복했던 과거로 돌려보내주었다. 하지만 그와 동시에 죽은 지 얼마 되지 않은 사람과 섹스하는 모습이 몹시 불편하게 느껴졌다.

S는 죽었는데, 내 몸은 아직도 그를 원했다.

나의 욕망은 정말로 육체적인 것이었을까?

확실하지는 않지만, 나는 이내 그마저 별로 중요하지 않다는 사실을 깨달았다.

그와의 섹스를 떠올리는 것은 그에 대한 추억을 생생하게 기억하기 위함이었다. 나는 점차 그 사실을 받아들이기 시작했다.

나는 이런 상황에서는 수많은 사회적 제약이 탁자를 주먹으로 내리치면 떨어지는 체스 말처럼 무너질 수 있다는 사실을 깨달았다.

윤리적인 의구심을 제기하기에는 내 상태가 너무 좋지 않았다.

나는 S를 생각하면서 자위하기 시작했다.

수년간 나의 동반자였지만, 지금은 무덤에서 썩고 있는 그 육체에 나는 여전히 욕정을 느꼈다.

나는 병자야, 라고 생각했다. 정상이 아니라고.

상관없었다.

나는 그를 생각하며 자위하기 시작했다.

두 몸이 합을 이루어 서로의 몸 안으로 들어가고, 하나가 되는 그 짧은 순간만큼은 S와 내가 아직도 함께 있는 것만 같았다.

때로는 절정에 이를 때 울음을 터뜨렸다.

내가 생존자라는 사실을 알게 되었다. 넓은 의미에서가 아니라, 나 같은 사람을 지칭하는 용어가 그렇다는 거다. 자살자들의 가족을 '생존자'라고 부른다. 난파, 지진, 전쟁, 교통사고나 폭발 사고에서 살아남은 사람들처럼 말이다. 주변 모든 것이 쏠려 가버린 뒤에 홀로 살아남아 전진해야만 하는 이들처럼 말이다.

그럼에도, 이런 일을 겪고도 살아남은 생존자들.

전 세계적으로 자살 방지 프로그램을 활성화한 국가는 38개국뿐이다. 다른 국가에서는 자살 문제를 방치한다.

한 건의 자살마다 (부모, 자식, 아내, 남편, 친구 등) 여섯 명에서 열 명 정도의 생존자가 나오는 것으로 추정한다. 매년 수많은 이가 자살로 고통과 극도의 혼란 상태에 빠진다.

미국 정신의학회의 발표에 따르면 가족의 자살은 그 어떤 형태의 죽음과도 비교할 수 없으며 강제 수용소에 수감되는 것과 비견할 만큼 끔찍한 경험이라고 한다.

생존자 구호 및 지원 프로그램과 체계적 매뉴얼은 아직 존재하지 않는다.

1888년에 태어난 도리노 고조부님은 1차 세계대전 주요 전투에 빠짐없이 참전했다. 그중에서 두 개의 역사적인 전투인 카르소 전투와 몬테 산 미켈레 전투에서는 혁혁한 공을 세웠다. 고조부님은 보병대 병사였다. 전투 중에 전우 십수 명의 죽음과 부상, 사지 절단의 현장을 목격하면서, 정작 자신은 상처 하나 입지 않았다는 이야기를 여전히 자신도 못 믿겠다는 듯한 표정으로 들려주곤 했다. 고조부님은 전쟁에서 입은 생채기 하나 없었고, 총알이 아슬아슬하게 스쳐 지나간 적도 없었다. 단 한 번도.

고조부님은 성탄절에 온 가족이 모인 자리에서, 술한잔을 마시고 나면 항상 그 이야기를 꺼내곤 했다. 먼저 간 동료들을 추억하면서 감격하고, 기적적인 생존을 놀라워하곤 했다.

　가장 기막힌 일화는 카르소 전투와 산 미켈레 전투가 끝난 후에 전 대대가 알바니아로 파병되었을 때 겪었던 일이다. 알바니아에서도 일련의 승리를 거둔 덕분에, 고조부님이 속한 대대 전원은 며칠 동안 집으로 돌아갈 수 있는 포상 휴가를 받고 블로러 항구에서 이탈리아행 배에 올랐다. 그런데 출발 직전에 장교들이 몰려와 하사관들을 태워야 한다면서 병사 몇 명을 배에서 내리게 했다. 이때 배에서 내린 병사 중에는 도리노 고조부님도 있었다. 고조부는 갑작스러운 변동과 부당한 처사에 펄펄 날뛰었지만, 항의는 묵살당했다.

　그런데 출발한 지 얼마 지나지 않아 배가 적의 어뢰 공격을 받고 가라앉는 바람에, 전 대대가 전사하고 말았다.

　운명은 또 한 번 고조부님에게 은혜를 베풀었다. 그것도 가장 극적인 방법으로.

　그 이야기를 처음 들었을 때는 너무 어려서 몇 년이 지난 후에야 내용을 이해했지만, 그때까지도 복받치는 감정을 애써 억누르려고 애쓰던 고조부님의 모습은 생생히 기억한다.

　나는 고조부님의 이야기와 설명하기 힘든 그분의 운명에 관해 생각해보았다. 어쩌면 생존자의 운명이 내 유전자에 새겨졌는지도 모른다는 생각이 들었다.

우리 가문의 핏속에 흐르는 유전적 유산일지도 모른다. 사람들이 요청할 때마다 자신의 놀라운 이야기를 수없이 반복하던 도리노 고조부님처럼 나 역시 생존의 이야기를 들려주기 위해 이 전쟁에서 살아남았는지도 모른다.

"이제 나는 진정한 고통을 알았고, 그로부터 생존했다.
(…) 나는 바닥을 쳤지만, 생존해서 살아가고 있다."

— 수전 손택,《의식은 육체의 굴레에 묶여》

내 삶에서 음악은 매우 중요하다.

음악과는 거리가 먼 가정에서 태어났는데도, 어린 시절부터 항상 음악을 들었다. 집에 처음 스테레오를 들인 것도 어린 내가 고집을 부린 덕분이었고, 레코드 판 역시 그런 식으로 구입했다(어머니에게 사달라고 부탁한 첫 레코드판은 리노 가에타노의 45 LP 음반이었다. 열 살 꼬맹이 감상자가 구입한 첫 음반치고는 나쁘지 않은 선택이었다).

부모님에게 용돈을 받기 시작하자마자, 레코드판을 살 수 있을 정도의 돈이 모일 때까지, 매주 용돈을 조금씩 아꼈다. 그러다 취직하고 첫 월급을 받은 후부터는 정신없이 레코드판을 사들이기 시작했다.

세월이 흘러 이사를 다닐 때도 레코드판들은 언제나 나와 함께했다. 지금 사는 집에서 레코드판은 현관 앞에 있는 책장 전체와 소파 뒤에 있는 선반을 차지하고 있다. 게다가 복도 한 면 전체가 CD 수납장이다. 지금까지 모은 CD와 레코드판만 해도 수백 장이 넘는다. 그동안 한 번도 음반 수를 세어보지 않고, 끊임없이 사기만 했다.

나는 평생 꾸준히 음악을 소비했다.

일할 때, 운전할 때, 요리할 때, 식사할 때, 심지어는 아침에 샤워할 때도 음악을 듣는다.

음악과 관련된 일을 해보기도 했고, 음악에 대한 글을 써보기도 했고, 뮤지션들과 일해보기도 했다. 연주할 줄 아는 악기가 하나도 없고, 지독한 음치라 죽었다 깨도 음악가나 가수는 못 되겠지만, 내 삶은 음악으로 충만했다. 음악은 나의 진정한 열정이었다.

평생 딱 한 번, 며칠 동안 음악을 듣지 않은 적이 있는데, 그때가 바로 S의 죽음 직후였다.

그때 나는 몇 주 동안 초현실적인 공허함에 사로잡혔다. 엄청난 굉음을 들은 것처럼 가만히 있어도 귀에서 휘파람 소리가 들리는 것만 같았다. 집에서 핵폭발이 일어난 것만 같았다.

음악을 들으면 육체적으로 불편할 뿐, 그 어떤 즐거움도 (혹은 의미, 위안, 평온함을 비롯한 다른 어떤 감정도) 느껴지지 않았다. 다른 모든 것처럼 말이다.

시간이 지난 후에야 처음 걸음마를 배우는 아이처럼 조금씩 천천히 다시 음악을 찾게 되었다.

어디서든 S가 보였다.

　군중 속에 뒤섞인 얼굴, 지하철 계단을 빠르게 오르는 남자, 버스 창에 기댄 얼굴, 가게 진열장 너머로 흘깃 보이는 손님, 광장을 가로지르는 행인.

　때로는 스쳐 지나가는 45세 전후의 머리를 민 남자 중에서 정말로 그와 외모가 닮은 사람들도 있었다. 때로는 부분적인 특징만 눈에 들어오기도 했다. S가 입던 것과 똑같은 초록 패딩이나 거꾸로 눌러쓴 야구모자처럼 말이다. 아무런 연관이 없는데도 S처럼 보일 때도 있었다. S를 봤다고 확신하고, 다시 보니 S와 하나도 닮지 않았을 때도 있었다. 나는 그런 식으로 주변에 S의 흔적을 투영했다.

　심지어는 내 앞에 걷고 있는 사람이 S로 보인 적도 있다. 저건 S의 목덜미야, 저건 그의 어깨야. 저건 그의 청바지야. 저건 그의 걸음걸이야. 그런 생각이 들면, 잰 걸음으로 앞사람을 추월해 뒤돌아보지만, 그는 S도 아니고, S와 닮지도 않았다. 사실 걸음을 재촉하기 전부터 나는 그 사실을 이미 알고 있었다. S인지 확인하기 위해 뒤돌아보기 전부터 말이다.

도대체 누구를 착각에 빠지게 하려는 것인가.

대체 누구를 속이려는 것인가.

그럼에도 그 짧은 순간, 한 걸음 앞에 S가 있다는 착각을 하는 순간, 그가 아직 살아 있고, 그를 다시 만날 수 있을 것만 같은 느낌이 드는 순간, 그렇게 할 수 없다는 사실을 깨닫기 전, 바보처럼 희망이 되돌아왔다고 믿었던 그 짧은 순간만큼은 살 것 같았다.

어둠이 내리기 전에 비치는 서광처럼 짧은 평온을 되찾곤 했다.

생존자가 원하는 건 고통에서 벗어나는 게 아니다. 이미 불가능한 일이라는 걸 알고 있으니까. 그보다는 잠깐의 휴식을 원한다. 짧은 정전을 원한다.

다시 영원한 호흡 정지 상태에 빠지기 전에 잠시 수면 위로 머리를 들이밀고 폐를 산소로 가득 채우길 원할 뿐이다.

치료를 받기 시작했다.

정신과 전문의를 소개받았다. (이런 상황에서 사람들은 각양각색으로 도움의 손길을 내민다. 누군가는 내가 밤에 혼자 자지 않게 우리 집에서 자고 가겠다고 하는가 하면, 누군가는 선물을 가져다주고, 누군가는 요리를 해주고, 또 누군가는 최고의 심리상담사를 소개해준다.)

여자 선생님이어서 다행이다. 나는 은연중에 여성이 더 따뜻하고 이해심이 많다고 생각하는 경향이 있다.

그녀는 기껏해야 나보다 열 살 정도 나이가 많아 보인다. 짧은 머리에 안경을 끼고 있었는데, 가끔 안경을 벗어서 우리 둘 사이에 놓인 책상에 올려놓곤 했다.

첫 만남에서 그녀를 찾은 이유를 말한다. 그녀는 말을 거의 하지 않고, 내 입에서는 말이 강물처럼 쏟아져 나온다. 누가 설명해주지 않아도 어떤 질문을 받을

지 이미 알고 심문에 임하는 사람처럼, 나는 그녀에게 최대한 많은 정보를 준다.

다음 만남에서 그녀는 내게 일어난 일과 내가 받은 고통에 충격을 받은 나머지 내가 상담실에서 나가자마자 울음을 터뜨렸다고 고백한다.

그녀의 솔직함이 놀랍다. 환자와 공유할 만한 반응은 아닌 것 같은데. 직업윤리에 어긋나는 것이 아닌가 싶다. 하지만 한편으로는 그 정도로 내 감정에 공감해준 그녀가 고맙다. 나를 이해해주고, 내 이야기를 들어주고, 나를 도와줄 사람을 제대로 만난 것 같기도 하다.

하지만 그렇게 되지 않을 것이다.

그 후 몇 달 동안, 처음에는 매주, 나중에는 보름에 한 번씩 그녀와 상담하면서, 나는 쳇바퀴 돌 듯 같은 상황, 같은 장면을 회상할 것이다.

나는 S가 자살한 날 밤 이야기를 들려준다. 집에 돌아와, 어둠 속에서 그의 시체를 만진 일을 들려준다. 그 후 며칠 동안 내가 어떤 상태였는지 이야기한다. 장례식 이야기를 한다. 물방울이 떨어져 바위에 구멍을 뚫는 것처럼 고집스레 똑같은 이야기를 반복한다. 나는 S가 자살한 날 밤에 집착했다. 상담을 받을수록 그 이전 상담 시간에는 별생각 없이 지나쳤던 세부적인 내용이 새롭게 떠올랐다. 나는 그런 식으로 의미를 찾기 위한 디테일을 쌓아갔다. 같은 장소, 같은 순간으로 돌아가 당시 상황을 매번 최대한 똑같이 다시 경험하고 싶은 참을 수 없는 욕망을 느끼듯이. 아무리 반복해도 지겹지 않은 것처럼 말이다.

나는 울지 않는다. 그저 아무런 감정 없이 말하고, 말하고 또 말할 뿐이다.

칼날로 아물지 않은 상처를 헤집는 사디스트처럼 온갖 사소한 부분을 세밀하게 기억해내면서, 눈물 한 방울 흘리지 않는다.

그녀가 내 감정을 꺼내기 위해 노력한다는 사실을 안다. 내가 감정을 해부하는 게 아니라 **표현**하게 하려고 애를 쓴다는 것을. 나는 고장 난 기계처럼 언제나 같은 자리로 되돌아온다. 재방송만 나오는 쇼를 보는 것처럼.

처음에는 상담 시간이 기다려져서 어쩔 줄 몰랐다. 일주일에 한 번 상담을 받는다는 사실은 내게 위안이 되었다. 심지어는 삶에 목표가 생긴 것 같았다. 상담이 끝나면 가슴 속에 있는 것을 모두 털어놓고 가벼운 마음으로 상담실을 나섰다.

하지만 시간이 지나자, 그마저도 기계적인 일이 되

었다. 일종의 예식이나, 끝마쳐야 할 일이 되었다. 상담 후에 느껴지는 홀가분함도 점점 줄어들어, 나중에는 거의 느낄 수 없을 정도였다.

어느 날 저녁, 또 한 번 상담을 마친 후, 나는 아무 생각 없이 이렇게 말할 것이다.

"이런 식으로 계속하는 건 의미가 없겠죠?"

그녀는 정직하게 말할 것이다.

"네. 그래요."

혼자 집에 돌아온 지 며칠 후에, 어머니가 우리 집을 찾았다.

엘리베이터에는 여자 두 명이 수다를 떨고 있다.

"그 이야기 들었어?"

"자살한 사람 이야기? 그럼, 들었지."

"다른 남자는 어떻게 됐대?"

어머니가 참지 못하고 말한다.

"그 다른 남자가 바로 제 아들이에요."

나를 보호하기 위해서 그런 것이 아니다.

그들의 대화에 끼고 싶어서 그런 것이 아니다.

그녀들을 겁먹게 하려고 그런 것이 아니다.

두 여자가 자기 앞에서 무엇을 말할지 몰라 두려워서다. 내용이 무엇이든지 간에 말이다.

실제로 둘은 그 자리에서 얼어붙었다.

문이 열리고, 어머니는 엘리베이터에서 내린다.

내가 바로 다른 남자다. 남겨진 남자.
사람들은 나에 대해 뭐라고 할까?
어머니와 마찬가지로, 나 역시 알고 싶지 않다.

반대로 엘리베이터에서 뜻밖의 친밀한 관계가 형성될
수도 있다.

어느 날 아침, 출근해서 입사한 지 얼마 되지 않아
면식만 있는 아트디렉터와 엘리베이터를 같이 타게 됐
다. 엘리베이터가 올라가는 동안 우리는 시선을 엘리베
이터 문에 고정한 채 아무 말도 하지 않는다. 그러던 중
에 그가 내 쪽에 시선을 주지 않은 채 침묵을 깬다.

"만난 지 얼마 안 돼서, 잘 모르시겠지만 저는 신실
한 신자입니다. 요즘 자주 당신을 위해 기도한답니다."

그는 업무상 정보를 제공하듯 자신의 마음을 털어
놓는다.

"감사합니다."

내가 말한다.

"당신이 무엇을 감내해야 하는지 저는 상상조차 할

수 없군요."

　그는 슬픈 미소를 지으며 엘리베이터에서 내린다.

　그 사건은 나를 유명인으로 만들었다. 동료들은 나를 배려해주고, 나를 위해 기도해준다. 내 심연을 보고, 자신들이 그런 일을 겪지 않는 게 얼마나 큰 혜택이고 얼마나 큰 행운인지 이해한 거다.

전화가 왔다.

　알고 지내던 작가였다. 연락을 자주 하는 사이는 아니라 친구라고 할 수는 없지만, 항상 존경하던 작가였다. 그와 알고 지내는 걸 영광이라고 생각할 만한 사람이다. 그 역시 그런 내 마음을 알고 있다. 그의 소설 발표회에서 그를 처음 만난 날 내가 말했으니까. 그날 나는 사인을 받기 위해 그가 과거에 발표한 소설들을 배낭에 한가득 넣어갔다.

　S가 떠난 지 3주, 아니 4주 정도 되었을 때다. (어떤 경로로 알게 됐는지 잘 모르겠지만) 그 소식을 들은 그가 곧바로 내게 연락했다.

　그는 내게 어떻게 지내는지 묻는다. 나에 대한 애정과 관심을 표현한다. 깊은 뜻은 행간에 숨긴 채 일상적인 대화를 나눈다.

그러던 중에 갑자기 그가 뜬금없이 묻는다.

"지금 메모를 하고 있나?"

제삼자가 우리 대화를 들었다면 언뜻 봐서는 지금까지 나눈 대화와 아무런 연관성이 없는 그의 질문에 어안이 벙벙해졌을 것이다. 메모라니? 무엇을 메모하란 말인가?

하지만 나는 그 말의 의미를 완벽하게 이해했다. 대화의 주제가 다른 방향으로 전개된다.

"아니요."

내가 말한다.

"메모를 하게."

"하지만……."

"언젠가는 이 일을 글로 쓰게 될 걸세. 지금은 말도 안 되는 것 같지만, 마음속으로는 그렇게 될 거라는 사실을 자네도 이미 알고 있어. 우린 작가가 아닌가. 작가는 글로 경험을 발전시키고, 삶을 대면하는 게야."

당시에 수도 없이 많은 전화를 받았지만, 지금까지 내용을 가장 명확하게 기억하는 것은 그때 그 통화다. 멀리 떨어져 있지만, 존재감이 있는 사람에게서 걸려온 통화였기 때문이다. 그는 내가 위로받을 수 없다는 사실을 이미 알고, 애써 나를 위로하려 하지 않았다. 말을 빙빙 돌리지도, 위선적인 표현을 쓰지도 않았다. 새까

만 어둠 속으로 추락한 내가 이 어둠에서 빠져나갈 방
향을 가르쳐주었다.

S가 자살하기 2주 전, 나는 그의 누나를 찾아갔다. 그녀는 S가 정상적인 관계를 유지하는 유일한 가족이었다. 두 형과는 왕래하지 않은 지 오래였다. S는 자기에게 형제가 없는 것처럼, 이름조차 입에 올리지 않았다.

유부남이었을 때만 해도 이따금 가족 행사가 있을 때면 서로의 가정을 방문하곤 했다. 하지만 이혼 후 혼자 나와서 살고, 나중에 나와 동거까지 하게 되자, 두 형의 눈에는 S가 이방인으로 보였다. 그들은 결국 S와 연락을 끊었고, S는 S대로 그런 형들에게 똑같이 대응했다. 누나는 달랐다. 둘 사이는 특별했다. 누나는 두어 번 우리를 저녁 식사에 초대하기도 했다. S의 누나는 이혼한 싱글맘이었다. 통제가 필요한 성장기 사춘기 아들이 둘 있었다.

삼촌 역할을 하는 S를 보자 느낌이 묘했다. 조카

들은 매번 처음에 그를 미심쩍은 눈초리로 바라보다, 시간이 지나면 말이 많아지고 예전처럼 친하게 대했다. 솔직히 나는 S의 조카들 심정을 이해할 수 있었다. 호르몬이 왕성한 민감한 성장기에 삼촌이 한 가정의 가장에서 동성애자의 파트너로 역할이 바뀌는 것을 지켜보는 감정이 단순할 수는 없을 테니까. 그것도 남성성의 상징과도 같은 S 같은 사람이 말이다. 그러니 처음에는 매우 혼란스러웠을 것이다. 하지만 조카들은 그 시기를 잘 이겨냈다. S는 그들이 가장 좋아하는 삼촌이었으니까. S는 조카들과 함께 장난도 치고, 정원에서 바보 같은 놀이로 경쟁하게 만들고, 엄마 몰래 맥주를 마시게 해주고, 야한 농담을 가르쳐주고, 오토바이도 태워주는 재미있는 삼촌이었다. 조카들의 말을 듣고 있노라면 다른 두 삼촌은 S와는 비교할 수 없는 것 같았다. 조카들은 두 삼촌을 멍청이로 분류했고 그들과 한 번도 만난 적이 없는 나 역시 아이들 의견에 동의했다.

S 없이 엘레나의 집을 찾은 것은 처음이었다.

솔직히 나는 그날 저녁 S가 어디에 있는지도 몰랐다. 나와 헤어진 후 얼마 동안 S는 어머님 집에서 지냈다. 나중에 나는 그게 임시방편이었다는 사실을 알게 되었다. 그는 자주 친구 집에서 자거나 클럽에서 그에게 접근하는 잘 알지도 모르는 사람들 집에서 잤다. 두어 번 차에서 잤다는 사실도 알게 됐다. 그 모든 것이 분명한 불안의 증거였다.

엘레나를 찾은 이유는 그러한 상황이 걱정되어서였다. S와 나의 통화는 회유와 고함, 욕설을 오갔다. 증오의 응어리, 후회, 애정, 화해하고 싶은 욕망과 영원히 이 관계를 끝내고 싶은 조급함, 상대방에게 모든 책임을 전가하고 싶은 마음과 아무런 이유 없이 상처를 주고 싶은 마음으로 점철된 이별의 과정을 거치고 있는 사람들끼리 나눌 법한 대화였다. 이 모든 것이 정상의 범주에 속했다. 단 하나, 자살 위협만 빼고.

처음 S가 자살 이야기를 꺼냈을 때, 나는 수화기에 대고 웃음을 터뜨렸다. 말도 안 되는 소리. 나는 S가 평소처럼 아무 말이나 내뱉는다고 생각했다. 그런데 다음 통화에서도 S는 똑같은 말을 했다. 나는 변함없이 냉정하게 "내겐 안 통해"라고 했지만, 조금씩 불안해지기 시작했다.

S도 없는데 혼자 엘레나를 찾은 것도 그런 이유에서였다. 그날은 S의 조카들도 저녁 축구 시합을 위해 외출하고 없다고 했다. 직접 경기에 뛰는 건지, 아니면 경기를 관람한다는 건지 묻지는 않았다.

"그냥 소란을 피우는 거야."

엘레나가 커피를 홀짝이며 말했다. 그녀는 내 이야

기를 듣고 나서도 전혀 불안해하지 않았다.

　　이야기를 들려주고, 내가 걱정하고 있다는 사실을 알리려고 일부러 식사가 끝날 때까지 기다렸는데, 그녀는 처음 S가 그 이야기를 꺼냈을 때 내가 그랬던 것처럼 웃어넘겼다.

　　"전혀 몰랐는걸? 어차피 난 속지 않을 걸 아니까 내겐 그런 기색을 안 보인 거야."

　　"속고 안 속고의 문제가 아니야. 나도 아무도 안 믿을 테니 그런 바보 같은 말은 그만 지껄이라고 했어. 하지만 전화를 끊고 나니 '그가 도와달라고 절규하는 게 아닐까?'라는 생각이 들었어."

　　"내 생각엔 너랑 다시 합치고 싶어서 그러는 거 같아."

　　"그렇지 않아. 내 말을 믿어줘. 2년 동안 헤어지느니 마느니 난리를 쳤는데, 이번에는 돌이킬 수 없어. 정말 헤어진 거야. 우리 둘 다 그 사실을 너무 잘 알고 있고."

　　"네 말이 그렇다면야⋯⋯."

　　"그러니까 난 지금 상황에서 그 곁에 있을 수가 없어. 욕설 없이는 전화 한 통 제대로 못 끝내는데, 어떻게 서로에게 힘이 되겠어? 시간이 지나면 우리도 전처럼 문명인답게 대화를 나눌 수 있겠지. 친구로 지낼 수 있을 거야. 확신할 수는 없지만, 그렇게 됐으면 좋겠어. 그렇지만 지금은 별일 아닌 일로도 둘 다 흥분을 한다니까. 하지만 넌⋯⋯."

"내가 뭐?"

"조금 더 곁에 있어줄 수 있잖아. 어디에서 밤을 보내는지 묻고, 바보 같은 짓을 하지는 않는지 지켜보고⋯⋯."

엘레나는 성가신 표정을 지으며 자리에서 일어나 우리 앞에 놓인 빈 잔을 싱크대로 가져갔다. 뭐라 대답할지 생각할 시간을 벌려고 일부러 그러는 것 같았다.

"내 말 좀 들어봐. 나는 이미 다른 문제가 많아서 너희들의 다툼에 신경을 쓸 시간이 없어. 그 애는 항상 자기 멋대로 살아왔으니, 무슨 문제든 혼자 해결할 수 있을 거야. S는 어린아이가 아니야. 어린아이가 아닌 정도가 아니라, 자기 욕망을 좇기 위해서라면 다른 사람이야 어떻게 되든 상관하지 않고 가정을 파괴할 수 있는 사람이라고. 그런데 이제 와서 아프다고? 물론 안 됐어. 하지만 S가 지금까지 얼마나 많은 사람에게 아픔을 줬는지 알아?"

어느새 분위기가 뒤바뀌어, 엘레나의 말투가 힐난 조로 변했다. S가 부인과 헤어진 것은 나 때문이 아니다. 그는 나와 만나기 최소한 3년 전에 이혼했다. 하지만 그 순간 그 사실은 별로 중요하지 않았다. S는 나를 만나기 전에도 많은 이들과 연애를 했지만, 동거한 사람은 내가 처음이자 마지막이었다. 내 죄는 아마도 그 전까지는 모른 척하거나 숨길 수 있던 상황을 돌이킬 수 없게 만든 것일 게다.

　엘레나는 S의 가족 중에서 나와 교류하는 유일한 사람이었다. 우리는 자주 연락했고, 서로에게 다정했다. 그런 엘레나가 내게 그렇게 말하는 것이 이상했다. 그녀 역시 내 이야기를 듣고 긴장한 듯했다. 어쩌면 이미 격분한 상태였을 수도 있다. 나는 그녀의 말투 변화와 (네가 자초했으니 네가 알아서 하라는 투의) 갑작스러운 적대적인 태도에 어떻게 반응해야 할지 몰라 겨우 "그러다 안 좋은 일이라도 일어나면?"이라 했을 뿐이다.

　"그래봤자 무슨 일이 일어나겠어. 너를 놀라게 하고 싶을 뿐일 거야. 네 반응을 보니 목적을 달성했네."

　엘레나는 또다시 웃었다. 하지만 방금 전의 감정 발산으로 탁해진 억지웃음이었다.

　나는 어쩌면 그녀의 말이 옳을지도 모른다고 생각했다. 어쩌면 S는 그저 이기적으로 행동하고 있을 뿐이고, 엘레나도 나만큼 그의 미친 짓에 지쳤는지도 모른다. 생각해보면 그녀가 폭발해서 그런 말을 하는 게 정상일지도 모른다.

　일시적인 분노는 바로 가라앉았다.

　우리는 현관에서 언제나처럼 껴안고 다정하게 인사했다.

　차를 타고 집으로 돌아오면서, 나는 내가 바보라고

생각했다. S에게 또 당한 거야. 그런데도 네 놈은 또 속
아 넘어갔지, 라고 생각했다. 그의 말을 듣지 마, 라고
생각했다.

S와 동거했던 마지막 해에 우리는 서로를 집요하게 괴롭혔다.

사랑의 종말을 경험한 사람은 굳이 설명하지 않아도 그게 얼마나 괴롭고, 혼란스럽고, 지지부진하고, 고달픈지 잘 안다.

그때 나와 S는 완전히 헤어지지 못하고 오직 서로에게 상처를 주기 위해 함께 살았다.

우리는 별것 아닌 일로 끊임없이 격렬하게 싸웠다. 마치 허공 위에서 균형을 잡고 있는 것만 같았다. 한 걸음만 더 앞으로 내디디면 떨어질 것만 같았다. 우리는 끊임없이 고함을 지르고, 서로를 비난했다. 우리는 서로를 견디지 못했다.

한번은 또 싸우고 나서 저녁에 집을 나간 S가 돌아

오지 않았다. 나는 그를 기다리지 않고 자러 갔다. S는 한밤중에 돌아왔다. 나는 잠에서 깼고, 우리는 또 바로 싸우기 시작했다. 그에게 지금 이 시각까지 도대체 어디에서 누구와 뭘 하고 돌아다녔는지 묻자, S는 생각을 가다듬고 싶어서 차를 타고 돌아다녔다고 했다. 그런 다음 화를 내면서 옷을 벗기 시작했다. 그는 침대에 앉아 있는 내 앞에 서서 스웨터, 신발, 양말, 청바지, 트렁크를 벗어 던지고 실오라기 하나 걸치지 않은 알몸으로 서서 내게 자기 몸을 만지고, 냄새를 맡아보라고 했다. 자신이 아무 짓도 하지 않았음을, 다른 남자의 체취나 섹스의 냄새가 남아 있지 않다는 사실을 증명하기 위해서 말이다.

직장 동료 마리아 테레사가 내게 밖에서 함께 점심을 먹자고 한다. 그녀도 S와 아는 사이다. S에게 집 벽 도장 작업을 맡긴 적이 있었는데, 그때 조금 가까워졌다.

그녀는 나를 회사 건물 뒤에 있는 식당으로 데리고 간다. 우리는 조금 외따로 있는 테이블에 자리를 잡는다. 식당 메인 홀은 뒤편에 있고, 입구 앞에는 테이블이 네 개 있었다. 그 테이블들은 보통 메인 홀이 만석일 때만 사용하는데 우리는 거기에 앉았다.

식사하면서 나는 사건의 경위를 설명한다. 하도 똑같은 말을 많이 해서 이제는 대본을 달달 외워서 말하는 느낌이다. 처음에는 기계적으로 말했는데, 그러다 보니 다시 감정이 복받쳐온다. 나는 먹기를 멈추고, 입을 다문다. 울음이 터져 나온다. 마리아 테레사가 내 손을 잡는다. 그녀도 눈가가 촉촉하다.

옆 테이블에는 남자가 혼자 식사하고 있다. 정장 차림으로 보아 전문직 종사자 같다. 이 구역에는 은행이 많으니 은행원이거나, 회사 임원진일 수도 있다. 나이는 마흔 살 정도 되어 보였고, 슬슬 머리가 빠지고 있었다. 내가 울고 있다는 사실을 눈치챈 남자는 접시에서 시선을 떼고 나를 바라본다. 흘끗 보는 정도가 아니라, 뚫어지게 바라본다. 처음에는 이 상황을 거의 즐기는 듯한 시선이다. 다 큰 남자가 모두가 보는 앞에서 울음을 터뜨리다니. 그 사람이 눈에는 민망하고 웃기는 상황이었을 것이다. 물론 나는 전혀 개의치 않는다. 이미 선과 악, 사람들의 생각, 경우에 맞는 행동을 할 수 있는 센스, 특정 행동이 사회생활에 적합한지 판단하는 기준 따위는 초월한 지 오래니까. 이 순간 나는 고통 그 자체다. 눈물은 나의 상징이자 정체성이다. 나는 이제 세상의 규칙에 속하지 않는다. 쳐다보고 싶으면 마음껏 쳐다보라지.

남자의 얼굴에서 웃음기가 사라진다. 이제는 내가 재미있는 것이 아니라, 궁금해진 거다. 내가 왜 우는지 알고 싶은 거다. 남자는 내게서 시선을 떼지 않는다. 나의 눈물은 그의 유흥거리다. TV 앞에서 저녁을 먹듯이, 오늘은 내 고통 앞에서 점심을 먹는다.

남자는 일말의 절제심도 없이 내가 제공하는 비극적인 구경거리를 끝까지 즐기려 한다.

어느 순간 마리아 테레사도 식사를 멈춘다. 아무래도 식욕과는 거리가 먼 대화니 그럴 수밖에. 식당에서 나가자는 그녀의 말에 나도 동의한다. 하지만 그마저도 정말로 그러고 싶어서가 아니라, 그녀를 기쁘게 하기 위해서다. 어차피 울 거면, 아무 데서나 울어도 상관없다.

　거리로 나온 뒤 나는 마지막으로 유리창 너머 식당을 바라본다. 남자는 여전히 그 자리에 앉아 나를 바라보고 있다. 그는 내가 거리에서도 울 만큼 뻔뻔하다는 사실을 상상조차 하지 못할 것이다.

S는 현관 위 수도관에 목을 맸다.

그날 저녁 집으로 돌아와 불을 켜기 위해 스위치를 찾아 어둠 속에 손을 뻗치는 순간, 허공에 매달린 그의 몸을 발견했다.

오감 중 촉감으로 비극을 가장 먼저 인식한 거다.

머릿속으로 상황을 파악하기까지 몇 초의 시간이 걸렸다.

목소리가 돌아오는 데도 시간이 걸렸다. 소리를 지르려고 해도, 숨이 막혀서 나오지 않았다.

진짜 비명이 나올 때까지 허공을 향해 몇 번을 헐떡였다.

S의 가족들은 어머니에게는 진실을 숨기기로 했다. 여든이 넘은 고령의 어머니에게 아들이 자살했다는 소식은 정신적으로 끔찍한 결과를 낳을 수 있었다. 어머니에게는 아들의 공식적인 사인이 심장마비였다.

"그렇게 강하고, 건강했는데."

그의 어머니는 장례식 날 낙담한 표정으로 도저히 못 믿겠다는 듯이 몇 번이고 되뇌었다.

모두 그녀의 말에 동조하고, 고개를 끄덕이며 각자의 역할을 연기했다. 다른 사람들은 아무것도 모르는 어머니의 순진한 말로 이해했지만, 나는 그 말이 전혀 이상하게 느껴지지 않았다. 어머니의 말은 어떠한 의미에서 진실이었다. S는 정말로 강하고, 건강했다. 그 사실은 육체가 생명력으로 넘치는 바로 그 순간 삶을 부정하기로 한 그의 선택을 더욱 끔찍하게 만들었다.

S는 생명력이 넘쳤다.

　잠시도 가만히 있지 못하고, 여기저기 돌아다니고, 아무에게나 말을 붙였고, 모르는 사람이 없는 마당발이었다.

　한번은 스페인 해안가 작은 마을로 여름휴가를 간 적이 있다. 사흘째 되는 날 늦은 오후 해변에서 숙소로 돌아오는 길에 그는 마주치는 사람마다 인사를 나눴다. 담배 가게 주인, 빵집 주인, 매점 주인 같은 동네 사람들과 말이다. S는 스페인어, 영어는 물론 외국어는 전혀 몰랐다.

　"말도 안 통하는데, 어떻게 이틀 동안 이렇게 많은 사람과 친해진 거야?"

　S는 어깨를 으쓱하며 말했다.

"언어는 몰라도 내 말을 이해하게 했지."

어느 날 아침에는 함께 만원 전철에 탔는데, 전철에 오른 지 채 5초도 지나지 않아 고개를 돌려보니 S가 생전 처음 보는 사람과 이야기를 나누고 있었다.

"대체 어떻게 그리 사람들과 빨리 친해지는 거야?"

나중에 묻자 그가 변명하듯 말했다.

"그 사람이 먼저 말을 건 거야. 내 팔에 새긴 문신을 보고 같은 부대에서 복무를 한 걸 알아채고 내게 먼저 인사를 했어."

S는 아무 말 하지 않아도 타인의 시선을 끌었고, 그에게 말을 걸고 싶은 욕구를 자극했다.

세상의 관심을 불러들이는 꿀과 같은 존재였다.

고통에는 전과 후가 있다.

　고통을 겪기 전, 나는 다른 사람이었다.

　과거 철없는 청년이 진정한 나인지, 아니면 고통 후에 나타난 삐뚤어진 어른이 진정한 나인지 언제나 의심스러울 것이다.

홍보 회사에서 오랜 경력을 쌓은 후에 나는 직장을 자주 옮겼다. 신문사, 라디오, 출판사, 영상물 제작업체, TV 방송국, 글쓰기 강좌 등 다양한 업체와 일했다.

세월이 흐를수록 나는 새로운 환경을 접했고, 그럴 때마다 매번 새로운 동료들을 만나 인맥을 쌓았다.

창의력 부족으로 직장을 옮길 때마다 처음부터 다시 시작해야 했지만, 대신 이러한 과정은 지속적으로 나 자신을 재창조할 수 있게 해주었다. 허물 벗는 뱀처럼 말이다. 일이 바뀔 때마다 나는 다른 사람이 되었고, 지금 내 주변에 있는 사람들은 과거의 내 모습을 모른다. 나는 내 과거를 아무에게도 이야기해주지 않았다. 내가 과거 어떤 일을 겪었고, S에게 어떤 일이 일어났는지 말하지 않았다. 나는 오직 현재를 기준으로, 새로운 외관을 기준으로 살아갔다.

하지만 시간이 흐를수록 고통은 더욱 은밀하고, 지극히 사적인 것이 되어갔다. 고통은 영혼 한구석에 감추어놓은 비밀이었다. 고문을 받을 때 내지르는 비명의 메아리처럼, 어둠의 보물처럼. 시간이 지날수록 더욱 나의, 오직 나만의 것이 되었다.

"고통은 가보지 않으면 아무도 모르는 장소와 같다."

— 조앤 디디온, 《상실》

계속해서 '고통'이라는 단어를 쓰지만, 적절하지 않은 표현이라는 걸 안다. 내가 느끼는 감정의 일부만을 표현하는 단어이기 때문이다.

아픔 가까이에 있으면 왠지 모르게 현실에서 동떨어져 있는 듯한 느낌이 든다. 유리 벽이 나와 세상 사이를 가로막고 있는 것처럼 말이다. 미세하지만 분명 존재하는 그 거리감이 나를 세상의 바깥에서 현실을 바라보는 관람객으로 만들었다. 영원히 다른 곳을 헤매는 듯한 느낌, 한 번도 가보지 못한 장소에 있는 느낌이었다. 그곳은 바닥에 도달할 수 없는, 지극히 사적인 심연이었다.

나는 반어법적인 의미에서 전지전능함을 느꼈다. 내가 어디에 있는지 아무도 몰라. 나를 보고, 나와 대화하고 있다고 생각하지만, 그건 다 당신들 착각일 뿐이야. 그러니 다들 가서 자기 일이나 하시지. 뻔한 세상의 일은 이제 내 관심 밖이야. 나는 진정한 어둠을 알았으니까.

순도 100%의 괴로움에는 일종의 오만함 같은 것이 섞여 있다.

고통은 마취제다. 나를 감싸안고 보호해준다. 세상의 악으로부터 나를 지켜준다. 그 누가 내게 무슨 짓을 하든, 나는 반응하지 않는다. 나는 관심이 없다.

위험한 상황도 두렵지 않다는 사실을 깨달았다. 나는 이제 슈퍼 히어로처럼 한밤중에 우범 지대를 홀로 걸을 수 있다. 누군가 내게 총부리를 겨누고, 내 목에 칼을 갖다 대도 꿈쩍하지 않을 것이다.

뉴스에서 어린아이 대신 자기를 인질로 삼으라고 은행 강도들에게 맞선 남자 이야기가 흘러나온다.

사람들은 그 남자가 무슨 영웅이라도 된 듯 말한다.

나는 생각한다.

'그게 무슨 대수람?'

그 자리에 날 보내줬으면 좋았을 걸.

나는 이미 최악을 경험했다.
그보다 나쁜 일은 일어날 수 없을 것이다.

두려움에 면역이 생겼다.

밤에 침대에 누워 잠 못 이룰 때면 무엇을 해야 S를 다시 볼 수 있을지, 마지막으로 한 번만 더 그와 대화를 나눌 수 있을지 생각한다.

이유는 알 수 없지만, 이미 죽은 상태의 S를 다시 만나면 어떨까 하는 말도 안 되는 생각도 떠오른다. 현관문이 열리면서 좀비가 된 S가 나타나는 거다. 팔에서 살점이 뚝뚝 떨어지는 부패한 육신이 어기적어기적 삐걱거리며 다가오는 거다. 부자연스럽게 열린 흉측한 입에서 오장육부에서 나오는 듯한 섬뜩한 소리를 내면서 말이다.

그래도 괜찮아, 라고 나는 생각한다.

그래도 참을 수 있어.

다 괜찮으니, 제발 딱 한 번만 그를 만나게 해줘.

하지만 지하에 묻힌 악마조차 내 탄식을 들어주지
않는다.

파브리스 고베르가 감독한 2012년 프랑스 TV 시리즈 〈더 리턴드〉는 SF, 스릴러, 공포가 뒤섞인 혼합 장르로 로빈 캄필로가 감독을 맡은 동명의 영화를 바탕으로 제작되었다. 시리즈 첫 두 에피소드는 프랑스 문학계의 거장 에마뉘엘 카레르가 연출을 맡았다.

〈더 리턴드〉 첫 에피소드를 보았을 때 느낌을 지금도 생생하게 기억한다. 나는 드라마 내용을 자세히 모르고, 작품을 극찬한 평만 읽고, 호기심이 생겨서 어둠의 경로를 통해 다운로드했다(그로부터 1년 후에 시리즈의 세계적인 성공에 힘입어 이탈리아에도 정식으로 소개되었다).

(긴장감이 감도는 음악, 한밤의 지하도, 우중충하고 위협적인 분위기 등) 드라마 초반부는 전형적인 스릴러 느낌이었고, 계속 그런 식으로 전개될 거라 예상했다. 그러나 나중에 영화가 정말로 이야기하려는 바를 깨달은 후에

는 심장 박동이 빨라지고, 숨 쉬기가 힘들어지면서, 눈물이 두 뺨을 타고 흘러내렸다.

영화는 알프스 산악 지대의 작은 마을을 배경으로 전개되는데, 어느 날 죽은 마을 사람들이 집으로 돌아오기 시작한다. 망자의 왕국에서 좀비가 되어 돌아오는 사람들이 등장하는 고전적인 공포 영화와는 달리, 〈더 리턴드〉에서 돌아온 이들의 외모는 정상적이다. 그들은 시간 속에 박제가 된 듯, 사랑하는 이들의 기억 속에 간직된 모습 그대로 되돌아온다. 헤어스타일도, 옷도, 나이도 사망한 날과 똑같다. 가장 기묘한 경우는 교통사고로 사망한 십 대 소녀의 이야기였다. 돌아와서 보니 그동안 세월이 흘러서 쌍둥이 자매만 성장해서 이십 대가 돼 있었다.

'돌아온 자(말 그대로, 더 리턴드)'들의 존재는 가족을 충격으로 몰아넣는다. 이들이 각기 다른 감정과 반응을 나타내면서, 마을 전체가 커다란 혼란에 빠진다.

〈더 리턴드〉는 줄거리, 등장인물, 시대와 배경을 넘어, 나의 마음속 깊은 곳에 있는 무엇인가와 소통했다. 일반 시청자에게는 단순히 고딕 스타일의 잘 만든 미스터리물이었겠지만, 생존자인 나에게는 S가 돌아오기를 바라는 나의 가장 강렬하고, 실현 불가능한 욕망의 재현처럼 보였다. 살아 있는 시체가 된 괴물 같은 모습이나, 환영에 가까운 홀로그램 같은 유령이 아니라 정상적인 S의 모습으로 말이다. 너무나 많은 질문을 던지고, 설명을 해주고, 용서를 구하고, 안아주고 싶었던 마지막 날 그대로의 모습으로 말이다.

나는 열에 들뜬 듯한 상태로 첫 번째 시즌을 끝냈다. 에피소드가 끝날 때마다 얼굴이 눈물로 범벅이 됐다. 어찌 보면 끔찍하고, 어찌 보면 위안을 준다고도 할 수 있는 드라마 내용과는 상관없이, 나는 그냥 울었다. 내게 〈더 리턴드〉는 저녁 시간 때우기용 드라마가 아니라 거의 영적인 경험에 가까웠다. 대부분의 시청자는 이 미스터리한 분위기의 SF 시리즈가 보낸 메시지를 놓쳤겠지만 (어쩌면 그건 드라마 작가들의 의도를 넘어서는 것일지도 모른다) 나는 완벽하게 수신했다.

그동안 수많은 TV 시리즈를 시청했지만, 이토록 강렬한 감정적인 동요를 느낀 적은 없었다. 어쩌면 내 독특한 경험 때문일 수도 있다. 다른 사람들 눈에는 공포로 보이는 것이, 내게는 나만을 위한 영적, 육체적 영성체 의식처럼 느껴졌다. 의식과 무의식이 완벽한 화음을 이루는, 오직 내 귀에만 들리는 심포니 같았다.

사랑하는 사람의 자살이 내가 아니라 (엉망이 된) 타인의 삶에서나 일어날 법한 일이라고 생각하는 것은 자연스러운 거다. 내게도 그런 일이 일어날 수 있다고 생각하는 건 너무나 끔찍하니까.

그래서 우리는 자살을 외면하려 한다. 예술 작품이나 신문 사건사고란에 그렇게나 자주 등장하는데도 말이다.

S가 떠난 지 몇 주 후에 독서광인 친구에게 머리를 비울 겸 가볍게 읽을 책을 권해달라고 했다. 친구는 영국 작가가 쓴 음악계를 배경으로 한 로맨틱 코미디 소설을 빌려주었다. 처음에는 의식적으로 읽기 시작했는데, 읽다 보니 실제로 생각을 비우는 데 도움이 되었다. 불행히도 이 책의 결말 부분에서 등장인물 중 한 명이

자살했지만 말이다.

그 이야기를 해주자 친구는 미안해서 어쩔 줄 몰라
했다.

"그런 내용이 있다는 걸 난 까맣게 잊었어. 정말
이야!"

물론 그에게는 아무런 잘못이 없다. 일반 독자들은
별생각 없이 지나갈 중요하지 않은 내용이니까.

얼마 전까지만 해도 나 역시 그와 다르지 않았다.
나도 그렇게 생각했을 것이다.

스스로 목숨을 끊는다는 극단적인 행동은 책, 영
화, TV 드라마, 공연, 심지어는 대중가요에도 등장하지
만, 보통 사람들은 눈치조차 채지 못한다.

S의 죽음 이후 내 감정선이 달라졌다. 전에는 그냥 지나쳤을 소소한 일에 충격을 받고, 전에는 보이지 않았던 것들이 눈에 들어왔다.

라디오에서 나오는 진부한 음악도 마음속 깊이 와닿았다. 팝송 후렴구의 의미가 새롭게 느껴지면서, 단순한 유흥을 넘어서 노래 내용 자체에 의미를 부여했다.

한번은 옷 가게 진열대를 구경하던 중 로비 윌리엄스의 〈No Regrets〉가 들려왔는데 순간 노래 가사가 절절히 와닿았다.

너를 증오하고 싶지 않지만, 네가 내게 남긴 건 증오뿐이야.

후회는 없어, 어차피 후회해봤자 소용없으니까.

후회는 없어, 후회해봤자 아플 뿐이니까.
모두 내가 잘 버티고 있다고 해.

또 한번은 광장에서 열린 축제에 갔는데 스피커에서 글로리아 게이너의 노래가 흘러나왔다.

그 빌어먹을 자물쇠를 바꾸고, 집 열쇠를 두고 가라고 해야 했었는데.[†]

내 머릿속에도 늘 똑같은 생각이 맴돌았다. 노래 가사는 내 생각과 정확하게 일치했다.
또 한번은 운전 중에 셰어의 댄스 음악이 철학적인 질문을 던졌다.

사후에도 사랑이 이어진다고 믿는가?[††]

내 귀에는 노래 가사가 이렇게 들린다.
이 모든 것에서 생존할 수 있을 거라 믿는가?
성형 미녀 친구여, 나도 잘 모르겠다네. 그럴 수 있

[†]   미국 디스코 시대 인기곡 〈I Will Survive〉. 한국에서는 가수 진주가 번안해 부른 〈난 괜찮아〉로 알려져 있다.
[††]   미국의 댄스 팝 가수 셰어Cher의 〈Believe〉

을 거라 진심으로 믿고 싶지만, 뭐라 대답해야 할지 모르겠다네.

　마비되었던 수용체가 다시 활성화되고 깨어나면서, 모든 것에서 의미를 찾게 되었다.

장례식을 마친 지 며칠 후에 그의 형 중 한 명이 우리 집 앞에서 기다리고 있다가 나를 두들겨 패주겠다고 으름장을 놓고 다닌다는 사실을 알게 된다.

S와 함께 사는 동안 단 한 번도 찾아오지 않고, 전화나 문자 한 통 보내지 않았던 형. 심지어는 우리 둘을 커플로 인정하지도 않고, S를 수치스러워 하던 형이 그가 죽고 난 후에야 끈끈한 형제애를 재발견하고 내게 모든 책임을 전가하려는 거다. S를 망가뜨리고, 파괴한 사람이 나라면서. 나랑 대화할 용기가 없어서, 내게 주먹으로 매운맛을 보여주는 방식으로 문제를 해결하려는 거다.

어디 한번 해보라지, 라고 나는 생각한다. 올 테면 와보라고. 나는 이제 무슨 일이 일어나도 아무렇지 않으니까.

　어둠 속 원수들이여, 앞으로 오라. 나는 그대들이 두렵지 않으니. 나를 덮치고, 마음껏 내리쳐라.
　네놈들은 지금 내가 무적이라는 것을 모른다. 내겐 두려울 것이 아무것도 없다는 것을.

　저녁이면 집 현관 앞에 멈춰 서서 어둠 속에 몸을 낮춘 채 내가 오기를 기다리는 이들의 윤곽을 찾아 주변을 둘러본다.

　하지만 아무도 나를 찾아오지 않을 것이다. 겁쟁이들 같으니라고.

S의 전처 안젤라와 나는 모순된 감정이 양립하는 관계였다.

나는 S와 안젤라가 헤어진 지 몇 년이 지나서 S와 사귀기 시작했다. 그러니 나는 스캔들의 주인공도, 가정 파괴범도 아니다. 그들의 가정은 스스로 파괴되었다.

다음은 나와 S가 나눈 대화다.

"게이인 걸 깨닫고 아내를 떠난 거야?"

"아니. 내가 그녀를 떠난 건, 이젠 그녀를 사랑하지 않는다는 사실을 깨달았기 때문이야. 동성애와는 상관없어. 그녀와 헤어진 후에 내가 동성애자라는 사실을 깨달았거든."

시간이 흘러 안젤라와 만날 기회가 생겼는데, 보통은 S가 아들을 데리러 가거나 아들을 데려다주러 그

녀 집에 갈 때였다. 우리의 만남은 극적인 것과는 거리
가 멀었다. 그렇다고 확장된 가족의 구성원으로서 함께
식사하는 일도 없었다. 억지로 실제보다 더 진보적으로
생각하는 사람들인 척하지도 않았다. 나는 그녀의 한
계를 존중했고, 그에 대한 보상으로 그녀 역시 내게 상
냥하게 대해주었다. 적어도 겉으로는 아무런 마찰이
없었다.

그러나.

장례식에서 안젤라는 다시 S의 부인 겸 미망인 역
할을 맡는다. 동네 사람들 기준에 상을 당한 사람은 안
젤라다. 모두 내 존재를 무시한다. 나는 장례 행렬 중간
에 낀 친구 중 한 명일 뿐이다.

나는 그 누구보다 절망한 상태지만, 내 자리는 성
당 중간 열이다.

나는 관에서도, 그의 친척들과도 멀리 떨어져 앉
았다.

S의 가족 중에 나의 존재를 모르는 사람은 거의 없
다. 그런데도 그날은 아무도 나의 역할과 나의 지위를
인정해주지 않는다.

장례식이 끝나고 나와 안젤라는 스치듯 마주친다.

나는 사랑하는 이를 잃은 동지로서 그녀에게 손을

내민다.

그녀는 차가운 시선으로 나를 바라볼 뿐, 손을 내밀지 않는다.

나의 손은 위로할 수 없는 허공을 붙잡은 채 힘없이 그대로 머문다.

그 행동만으로도 그녀를 증오해야 할 이유가 충분하지만, 상관없다. 정말이다.

우리는 둘 다 충격받은 상태다. 장례식이며, 악의적인 시선 따위가 무슨 상관이란 말인가. 이번 일로 고통은 모든 것의 면죄부라는 사실을 깨닫는다. 일시적인 속 좁은 행위까지도 말이다.

시간이 흐르면, 문제는 해결된다.

몇 주 후에 안젤라에게서 연락이 온다. 어느 날 저녁 그녀는 울면서 내게 말한다.

"나를 이해할 수 있는 사람이 당신뿐이라 전화를 걸었어. 다른 가족이나 친척들은 우리와는 달라. S를 잃는다는 게 어떤 의미인지 아는 사람은 우리뿐이야. 나와 당신은 그를 사랑했으니까. 우리는 그를 남자로서 좋아했으니까."

그녀의 성숙한 말에 지난 수년의 편견이 사라진다.

이야말로 드디어 그녀가 내민 손길이다.

어릴 때나 사춘기 시절부터 나는 완전한 어둠 속에서
만 잠들었다. 블라인드 틈으로 아주 가는 빛줄기만 새
어 들어와도, 블라인드를 완전히 닫으려고 침대에서 일
어났다. 잠을 매개로 나와 타협하려면, 밤은 절대적이
어야 했다.

　그러다 여행을 다니고, 밖에서 자기 시작하면서 방
의 어두운 정도를 조절할 수 없게 되자 주어진 환경에
적응해야 했다. 처음에는 무척 힘들었다(아마도 독일 북
부로 휴가를 갔을 때였을 것이다. 가로등 불빛과 새벽빛이 방을
침범하는 것을 막을 수 없어서 악몽 같은 밤을 보낸 기억이 아직
도 생생하다). 하지만 시간이 흐르면서 나 역시 점차 그
런 상황에 익숙해졌다.

　이제는 아무리 밝아도 잠드는 데 전혀 문제가 없다.

지금 생각하면 유년 시절의 집착이 어이없게 느껴질 뿐이다.

그 일은 모든 일에 익숙해질 수 있다는 증거다. 한 때 불가능하게 느껴지던 일에도 말이다.

비극적인 사건이 일어난 후에, 나는 넌덜머리가 날 때까지 언젠가는 익숙해질 거라는 생각을 반복하고, 억지로라도 믿으려 했다. 이런 죽음에도 익숙해질 수 있다고, 블랙홀처럼 모든 것을 빨아들이는 내면의 공허함에도 익숙해질 수 있다고. 언젠가 더는 아프지 않고 상처는 나의 일부가 될 것이다. 내가 가진 수많은 특징 중 하나가 될 것이다.

내 특유의 걸음걸이처럼.

생선을 먹지 않는 습관처럼.

1미터 68센티의 키처럼.

나를 나로 만드는 다른 수많은 것처럼.

자살 이야기를 꺼내기는 쉽지 않다. 당사자가 아닌 사람들 입장에서 말이다.

적당한 단어와 말을 찾고자 애쓰는 게 눈에 보인다.

이런 상황에서는 어떻게 행동해야 옳을까? 그런 것은 아무도 가르쳐주지 않는다.

순발력을 발휘해 섬세하게 행동해야 한다.

그런가 하면 거리낌 없이 이야기를 꺼내는 이들도 있다. 이런 사람들에 대해서는 시간이 지나야 제대로 판단을 내릴 수 있을 것 같다. 지금으로서는 반응하지 않고, 그들이 하는 대로 내버려둔다. 그들의 질문에 대답하고, 그들이 하라는 대로 한다. 당신의 뜻이 하늘에서와 같이 땅에서도 이루어지기를, 아멘.

S의 사촌에게서 전화가 온다. 안면이 있는 사람이

었다. 딱 한 번 저녁을 함께 먹었을 뿐, 그 후로 연락한
적이 없었다. 그런 그가 S의 소식을 듣고, 내게 연락한
것이다.

무슨 일이 있었는지 그가 묻는다.

나는 그에게 설명해준다.

어떻게 일어났는지 묻는다.

그에게 설명해준다.

자세한 이야기를 듣고 싶어 한다. S는 어땠는지, 내
가 발견했을 때 그가 어떤 상태였는지, 나는 무엇을 했
는지, 누구를 불렀는지, 내 감정이 어땠는지 말이다.

안부 인사가 아니라 취조였다.

그는 내게 미친 듯이 불쾌한 질문을 퍼붓는다. 칼
날을 세워 어둠 속을 휘젓고 싶어 한다.

나는 그가 하고 싶은 대로 내버려둔다. 그의 모든
질문에 대답해준다.

그는 내가 S의 가족에게 뭐라고 했는지 궁금해한
다. 나도 영안실에 들어갔는지 알고자 한다. 아파트 주
민들은 뭐라고 했는지 알고 싶어 한다.

나는 마지막 질문에도 대답해준다.

실낱 같은 이성을 붙잡고 있던 나의 일부는 이 대화
가 무의미하다는 사실을 안다. 부적절하고 역겨운 대
화라는 걸 안다. 그 누구에게도 고통받는 사람을 이런

식으로 잔인하게 대할 권리가 없다. 하물며 잘 알지도 못하는 사람이 말이다. 하지만 내게는 반항할 힘조차 없다. 그가 변태적인 조사를 계속하게 내버려둔다. 그의 모든 요구를 들어준다. 이보다 더 아플 수 있다고는 상상조차 할 수 없을 정도로 아프다. 나는 이미 심연의 극단에 도달했다. 아무리 나를 더 밀어내려 해도, 그 이상의 극단은 존재할 수 없다.

그러다 어느 시점에서 그는 말을 멈춘다. 질문이 끝났다. 그는 마치 지금까지 날씨 이야기라도 나눈 듯 내게 작별 인사를 한다.

잘 지내요.

잘 지내요.

상중喪中에는 사회적인 관계를 유지하기 위해 피하고 싶어도 피할 수 없는 (끊임없이) 충족시켜야만 하는 요구들이 있다.

사람들은 계속해서 당신에게 질문을 던지고, 고인에 대해 이야기하고, 당신 이야기를 듣고 싶어 하고, 당신을 위로해주려 한다.

그러다 보면 이 일이 본업이 된다. 이른 아침부터, 점심시간, 늦은 밤까지 지인들과 친구들의 전화를 받는다. 지금 막 소식을 들었어. 끔찍한 일이야. 무슨 말을 해야 할지 모르겠어, 좀 어때?

누군가를 잃으면, 상실은 당신의 특징이 된다. 특히 그 일이 일어난 초반에는 당신의 정체성이 된다. 존재 그 자체가 된다.

처음에는 너무 힘들어서, 다른 가족에게 대신 대답

하게 하지민, 그러다 결국에는 당신 차례가 온다. 평생 숨어 다닐 수는 없다. 세상이 당신을 찾는 것을 막을 수 없다.

가끔 나는 미끄러지듯 망각 속으로 빨려 들어가 TV를 보거나, 가족들의 사소한 일상 이야기에 귀를 기울이면서 생각을 비우곤 했다. 그럴 때면 S에 대한 기억이 희미해졌다. 그러다 갑자기 전화벨이 울리면, 받기도 전에 나를 찾는 전화라는 사실을 알 수 있었다. 전화벨은 나를 무의식의 영역에서 끌고 나와 현실 속으로 내팽개쳤다.

그들의 의도는 고귀하다. 당신을 생각하고 있고, 당신 가까이에 있다는 사실을 알려주려는 거다. 하지만 당신에게는 이마저도 부담이다.

사실 아무도 입 밖으로 내지는 않지만, 행간에서 느껴지는 질문이 있다.

"대체 왜 그런 짓을 저지른 거야?"

사람들이 던지는 수많은 질문 중에 유일한 진짜 질문이지만, 당신은 절대 그 질문에 대답할 수 없다.

사람들 앞에서 유령과 같은 그 질문을 마주하는 일이, 곧 당신 일상이 될 테니. 당신의 본업이 될 테니.

우리는 사귄 지 2년 만에 동거했다. 계획된 일도 아니었고, 그렇게 하자고 이야기를 한 적도 없었다.

당시 나는 밀라노에 있는 원룸에서 살고 있었고, S는 어머니와 교외에서 살고 있었다. 그는 일주일에 두세 번 저녁마다 나를 보러 왔다. 그러다 횟수가 여섯 번, 일곱 번으로 늘면서, 내 원룸은 둘이 지내기에 너무 비좁아졌다. 상황이 그렇다 보니 현실을 받아들일 수밖에 없었다.

어느 날 저녁, 저녁 식사를 마친 뒤, 방 두 칸짜리 임대 아파트에서 함께 TV를 보던 중에 S가 갑자기 고개를 돌려 나를 바라보며 말했다.

"그거 알아? 난 내가 이렇게 행복할 수 있으리라고는 상상조차 하지 못했어."

그 말에 나는 아무 말도 하지 못했다.

S는 자기 감정을 잘 표현하지 않는 편이었다. 나는 그 말이 평범한 커플로서 우리의 일상을 생각하다 자연스럽게 나온 말이라는 사실을 알 수 있었다. 맨발로, 세일할 때 산 이케아 소파에 누워 함께 예능 프로그램을 보는 그런 평범한 일상 말이다.

더 설명하지 않아도, 나는 그의 속마음을 알 수 있었다. 우리의 평화로운 일상이 그에게는 오랫동안 상상조차 하지 못한 커다란 성과다.

그는 동성애를 결코 받아들일 수 없는 환경에서 자라나, 본능을 인지하지 못하고 수십 년 동안 사회가 정한 길을 따라 형제들, 친구들을 비롯한 주변 모든 사람처럼 결혼하고, 가정을 꾸렸다. 그러다 결혼에 위기가 찾아와 이혼했고, 정신적으로 한층 성숙해진 상태에서 다시 자유의 몸이 되자 오랫동안 부정해온 충동을 따라야 한다는 사실을 깨달았다. 그러던 중에 나를 만나, 함께 살게 됐다.

그제야 처음으로 S의 삶을 구성하는 퍼즐 조각들이 들어맞은 것이다. 그에게는 아들이 있었다. 그는 세상 그 누구보다 아들을 사랑했고, 자주 만났다. 또, 동네 친구들도 있었다. 그들은 S의 새로운 삶에 대해 몰랐지만, 그는 적당한 거짓말을 둘러대면서 친구들과의 관계를 유지했다. 그리고 이제는 감히 넘볼 수준이 아니라고 생각하던 사람과 파트너가 되어 정서적인 친밀감을 공유하며 함께 살고 있었다.

어떤 것은 평생 포기하고 살아야 한다고 생각했는데, 우리는 그렇게 함께하게 되었다.

그렇다. 문화적으로도 성격적으로도 차이가 크고, 경제적인 어려움을 비롯한 수많은 장애물이 있었지만, 우리의 사랑은 발전했고, 몇 년 동안 우리 둘은 너무나 행복했다. 정말로 행복했다.

우리는 참 많이 웃었다. (몇 년 전부터) 그를 생각하면 그가 괴로워하는 모습만 생각나서, 웃는 모습을 떠올리기가 쉽지 않지만, 지금은 너무나 멀게만 느껴지는 이십 대 시절, 내 인생의 신생대에 우리는 정말 즐거웠다.

S는 얼굴 근육 전체를 쓰면서 웃었다. 그럴 때면, 눈이 작은 틈처럼 가늘어지고, 얇은 입술이 사라지면서 치아가 훤하게 드러났다.

이상하게 들리겠지만, 나를 향해 웃는 그의 모습은 언제나 흑백으로 떠오른다. 아마도 내가 처음으로 찍어준 사진에서 꼭 그렇게 웃고 있었기 때문일 것이다. 사진 속 S는 목덜미를 팔로 받친 채 소파에 누워서 웃으며 렌즈를 (그의 위에 올라탄 내 쪽을) 똑바로 바라보고 있었다. 그때 찍은 사진이 흑백 필름 사진이었다.

S는 그만의 유머 감각이 있었다. TV에서 영화 〈늑대와 함께 춤을〉을 보고 나서 몇 주 동안 수족 언어를 흉내 내면서 우리가 일상적으로 하는 일들에 (따라 하기도 힘든) 가짜 이름을 붙여서 부르고 다녔고, 그때마다 나는 눈물이 흐를 때까지 웃었다.

그는 나를 웃게 만드는 것을 좋아했다. 문 뒤에서 갑자기 나타나거나, 식탁에 앉으려는데 의자를 치우는 것 같은 바보 같은 장난을 하곤 했다. 나는 매번 S의 즐겁고 유치한 행동을 예상하지 못해 깜짝 놀라곤 했다.

그는 성인 남자이고, 기술자이고, 한 가정의 가장이었다.

한 사람의 예상치 못한 면모를 발견하는 것, 다른 사람들은 상상조차 하지 못한, 오직 나만 아는 면모를 발견하는 것. 친밀함이란 바로 그런 것이다.

글을 쓰면서 S와의 추억에서 비가 내린 적이 없다는 사실을 깨닫는다. (차를 타고 차양 밑에서 거센 폭풍을 피했던) 단 한 번의 기억을 빼면 노을, 자갈로 뒤덮인 해변, 흐르는 강물, 복도 타일 바닥에 앉아 이웃 사람들과 이야기를 나누던 수많은 저녁, 오토바이를 타고 산을 누비던 기억, 타는 듯한 더위 속에 참석했던 시위와 호텔로 돌아온 순간 우리를 차갑게 식혀주었던 에어컨 바람, 해변으로 휴가를 떠났을 때 찍은 사진들만 머릿속에 떠올랐다. 그리고 그런 기억 속에서 날씨는 언제나 맑았다.

심리적 날씨 교정 현상의 이유가 대체 무엇인지 생각해본다. 책에서는 나 같은 사례를 한 번도 보지 못했다. 내 무의식의 산물일까? 좋은 날씨를 선호하는 일종의 방어기제일까? 무엇이 됐든 나는 믿지 않는다. '맑은 날씨＝평온함'이라는 순진한 공식은 존재하지 않는 15 유로짜리 지폐처럼 가짜다. S와 나는 어려움도 있었고, 충돌도 많았고, 정서적인 폭풍이 여러 번 휘몰아쳤다. 그럼에도 내 머릿속은 온통 지나치게 밝은 빛에 노출된 것 같은 고채도의 이미지로 가득하다. 내 추억은 뒤이어 찾아온 차가운 겨울과 대비되는 영원한 여름이다.

그는 대체 왜 그런 짓을 저질렀을까?

마지막 2년 동안 S는 정서적으로 점점 더 불안했고, 그 불안은 과장된 행동과 도발, 분노, 비이성적인 행동으로 이어졌다.

그는 갑자기 운전사 일을 그만두었다. 트럭이 너무 낡아서 운전하기 힘들고, 업무 환경이 형편없고, 회사에서 자신을 착취한다고 했다.

이미 결정된 듯이 친구가 마트 창고 관리인 자리를 소개해주기로 했다고 했다. 하지만 알고 보니 확정된 건 아무것도 없었고, 결국 그는 고용되지 않았다.

그때부터 하루 이틀, S는 기껏해야 한 달 이상 갈 수 없는 별 볼 일 없는 일자리를 전전했다.

술을 과하게 마시기 시작했다.

외박을 하기 시작했다. 나는 그가 누구랑 무엇을 하고 돌아다니는지 몰랐다. 가끔은 술을 너무 많이 마셔서, 주정뱅이들이 저지르는 실수에 관한 흔한 농담에 나오듯이 현관문이나 집 열쇠를 제대로 못 찾기도 했다. 휴대전화에서 내 이름을 못 찾아서 다른 사람에게 전화를 걸기도 하고, 한밤중에 문을 열어달라고 나를 깨우기도 했다.

아이 양육비를 빠짐없이 보낸다고 알고 있었는데, 알고 보니 몇 번이나 약속을 어겼다.

그즈음에는 우리 관계도 엉망이었다.

S는 자기 인생 전체를 망가뜨리려는 것 같았다. 그것도 고의로 말이다.

그토록 감격스러워했던 일상의 행복이 이제는 충분하지 않았다. 한번은 "이후의 삶에는 아무것도 없을 거라는 걸 깨달았어"라는 말을 했는데, 나는 그의 말이 과하고 비이성적이라고 느꼈다. 그때 S의 내면에는 무언가가 부글부글 끓고 있는 것 같았다. 일련의 성취감을 느끼면서 제어할 수 있었던 불안감에 다시 잠식된 것 같았다. 모든 단계를 통과해서 이뤄야 할 삶의 궁극적인 목표가 사라진 것 같았다. 충족할 수 없는 허기를 느끼는 것 같았다.

S가 자살했을 때, 나와 S는 함께 살지 않았다.

우리는 석 달 전에 공식적으로 헤어졌다.

그래도 우리는 가끔 마주쳤다. S는 우리가 함께 살던 아파트 열쇠를 가지고 있었다. 아파트는 내 명의로 임대했고, 실제로도 S는 언제부턴가 임대료도 내지 않았다.

정착할 곳을 찾을 때까지 S는 자기 소지품을 가지고 가거나, 놔두러 가끔 집에 들르곤 했다. 그에게 열쇠를 돌려달라고 요구해, 멋대로 내 집에 드나드는 혜택을 빼앗을 수도 있었지만 너무나 잔인한 요구 같아서 그렇게까지는 하지 못했다. 우리 사이는 충돌과 긴장의 연속이었지만, 그래도 S는 나의 사생활을 존중해주었다. 내가 직장에 가는 시간에 맞춰서 집에 들렀고, 내가 집에 있다는 것을 알면 잠시 들르겠다고 먼저 연락해주었다.

나는 수없이 나 자신에게 집 열쇠를 돌려받았으면
어땠을까 하는 질문을 던졌다.

만약 그렇게 했다면, 그는 어디에서 일을 저질렀을
까? 그래도 같은 장소를 택했을까, 아니면 다른 방법을
찾았을까? 자살하기가 더 어려웠을까? 집에 쉽게 들어
올 수 없었다면 다른 방법을 찾느라, 시간이 더 오래 걸
리지 않았을까? 그사이에 생각이 바뀌지는 않았을까?

내 머리는 아무도 답해줄 수 없는 질문으로 가득
하다.

하지만 나는 S가 그곳으로 돌아와 자살한 이유는,
그곳을 여전히 자신의 '집'으로 생각했기 때문이라고
확신한다.

그토록 오랜 시간이 흘렀는데도, 이 생각이 위안을
주는지, 아니면 끔찍한지 잘 모르겠다.

나는 유명하지 않은 뮤지션의 음악을 듣는 것을 좋아한다. 인디 아티스트나 라디오에 잘 나오지 않고 순위에도 없는 그룹의 음악을 찾는 걸 좋아한다.

2000년대 초, 허 스페이스 홀리데이^{Her Space Holiday}라는 미국 인디 밴드의 앨범 〈The Young Machines〉에 푹 빠진 적이 있다. 허 스페이스 홀리데이는 알려진 바가 거의 없었다.

앨범이 마음에 들면, 해당 아티스트의 다른 앨범들을 찾아보는데, 인터넷 검색으로 그전에 낸 앨범이 하나 더 있다는 사실을 알게 되었다. 인터넷 음반 판매 사이트에서 앨범 타이틀곡을 보는 순간, 나는 깜짝 놀랐다. 타이틀곡 제목이 'Home Is Where You Hang Yourself(집은 네가 목을 매는 곳)'이었기 때문이다. 제목을 보는 순간, 나는 그대로 얼어붙었다.

나는 끝내 앨범을 구입하지 못했다. 그때 나는 라디오 방송사에서 일하고 있었는데, 실수로 음란물 사이트를 열기라도 한 듯 급히 인터넷 창을 닫아버린 기억이 있다.

나중에 허 스페이스 홀리데이라는 그룹이 실제로는 한 명의 뮤지션이며, 불편하기 짝이 없는 운명의 장난처럼 그의 이름이 나와 거의 똑같은 마크 비앙키라는 사실을 알게 되었다.

그 후 며칠 동안 나는 이성을 찾으려 애썼다. 앨범 타이틀만 보고 놀랄 필요가 없으며, 비록 위험할 정도로 내 삶과 비슷하기는 하지만, 제목 때문에 앨범을 구입하지 못할 이유가 없다고 생각하며 마음을 다잡았다. 나는 애써 음반 판매 사이트로 되돌아가, 그 앨범을 구입했다. CD를 배송받은 후에 앨범을 CD 수납장에 있는 허 스페이스 홀리데이의 다른 CD 옆에 꽂아두었다.

하지만 고백하건대 나는 그 앨범을 들은 적이 없다. 단 한 번도.

S는 우리가 헤어진 지 석 달 만에 자살했다. 하지만 고통 앞에 그런 형식적인 세부 사항은 중요하지 않았다. 헤어진 지 얼마 되지 않든, 사귀는 중이든 그게 무슨 상관이란 말인가?

S는 7년 이상 나의 일상이었다. 너무나 긴 시간이라, 이제 더는 그를 볼 수 없고, 그의 목소리를 들을 수 없고, 그에게 연락할 수 없고, 그를 만질 수 없고, 그와 다툴 수 없고, 그와 이야기를 나눌 수도 없다는 사실이 믿기지 않았다.

헤어진 지 몇 주 지났다고 해서 바뀌는 건 아무것도 없다.

아니, 그의 갑작스러운 죽음 때문에 대립과 다툼으로 얼룩졌던 마지막 기간은 기억에서 지워져버렸다. 죽음은 영악하고 솜씨 좋은 검열관처럼 모든 안 좋은 기억은 제거해버리고, 오직 행복한 기억만 남겨놓았다. 둘이 함께한 일상의 기억들이 계속해서 머릿속에 떠올랐다. 발코니에서 함께한 저녁 식사, 함께 보낸 휴가, 오토바이 여행, 이사했을 때의 이미지들이 편집되어 계속해서 재방영되는 것 같았다. 레테 4채널 〈주말의 명화〉처럼 우리 둘이 주인공으로 나오는 영화를 내 머릿속에 틀어놓은 것 같았다.

어떤 면에서 죽음으로, 나는 S와 다시 사랑에 빠진 것이다.

그를 향한 애도의 마음을 더욱 견디기 힘들게 만들려는 내 무의식의 짓궂은 장난이었다.

구급대원들은 S의 사망을 확인한 후에, 그의 시체를 들것에 올려놓고 밖으로 옮긴다. 그들은 내게 S를 어느 병원으로 옮길지 알려준다. 나는 고개를 끄덕이지만, 그들이 알려준 정보는 그 즉시 내 머릿속에서 지워져버린다(나중에 경비에게 묻고 나서야 나는 S의 행방을 알 수 있을 것이다).

나 홀로 아파트에 남는다. 이보다 더 혼자였던 적은 없다. 우주에게 버림받은 느낌이다.

그나마 남아 있는 실 가닥처럼 가느다란 이성을 붙잡고, 나는 S의 누나에게 연락해, 소식을 알린다.

"정말로 일을 저질렀어."

나는 그녀가 정보를 완전히 이해하기를 기다린다. 경악의 단계를 지나 눈물 흘리기를 기다린다. 통화를 오래 할 수 있는 상태가 아니라, 그녀에게 다른 가족에게도 소식을 전해달라고 부탁한 뒤 전화를 끊는다.

그런 다음 내 부모님에게 전화를 건다.

말로 표현할 수 없는 이야기를 어떻게 전해야 할지. 나는 부모님에게 그저 나를 데리러 와달라고만 한다.

그 이상은 아무것도 할 수 없다.

나는 침실 구석에 자리를 잡는다. 숨고 싶은 사람처럼 바닥에 앉아 몸을 웅크리고 머리를 무릎에 박은 채 하염없이 기다린다.

나는 다시 어린아이가 되었다.

엄마, 아빠, 저를 좀 데리러 와주세요.

저를 좀 돌봐주세요.

어둠을 무서워하던 어린 시절로 퇴화한다. 하지만 그 시절에는 진짜 어둠이 얼마나 무서운지 알지 못했다.

무서워요. 저를 데리러 와주세요. 이 모든 것이 악몽이었다고 말해주세요.

모든 것이 끝날 거라고요.

어린아이처럼 말을 더듬을 것만 같다.

친구가 내게 심령술사를 만나보라고 끈질기게 권유한다. 나는 원래 그런 건 믿지 않는다. 하지만 사실 살면서 이 정도로 고통받을 거라고는 상상하지 못했고, 고통은 나를 개방적으로 만들어주었다. 이제는 마법사, 천사, 사후 세계, 외계인, 신의 자비, 미래, 터널 끝의 빛 등 내 마음을 조금이라도 가볍게 해줄 수 있다면 뭐든 믿을 수 있다. 어둠을 밝히는 작은 불빛이라면 뭐든 믿을 수 있다.

친구는 자기가 소개해 줄 심령술사는 다른 사람들과 다르다면서, 그녀는 매우 '영험하다'고 한다.

좋다. 한번 가보자.

우리는 오후 2시 30분으로 약속을 잡았다. 친구가 나와 함께 가주겠노라고 했다.

심령술사는 도시 중심에서 조금 벗어난 지역에 있

는 1950년대에 지어진 건물에서 살았다. 엘리베이터도 유리창이 달린 나무문에 접이식 의자가 설치된 옛날 스타일이었다. 다 해진 벨벳 커버도 한때는 새것이었을 것이다.

심령술사의 아파트로 들어가자, 친구는 단골답게 익숙하게 움직인다. 복도를 지나 작은 거실에 놓인 소파에 앉아 내게 자기 옆에 앉으라고 손짓하며 설명해준다.

"그녀가 알아서 불러줄 거야."

사실이었다. 잠시 후에 우리 앞에 있던 살짝 열린 문에서 "들어와요"라는 소리가 새어 나온다.

친구는 일어나라고 나를 팔꿈치로 살짝 민다.

나는 방으로 들어간다.

방 안은 어두컴컴하다. 수증기처럼 부푼 백발에 할머니 같은 미소를 띤 온화해 보이는 부인이 책상에 앉아 있다. '영험하다'라는 말과는 그다지 어울리지 않는 이미지였다.

그녀의 모습이 실망스러운지, 아니면 오히려 더 안심이 됐는지 판단이 서지 않는다. 나는 판단을 하지 않기로 한다. 솔직히 지난 몇 주 동안 판단이란 것을 해본 적이 없었다.

그녀 앞에 앉는다.

그녀는 거두절미하고, 내가 온 이유를 묻는다.

그녀에게 이야기를 들려준다. 처음부터 끝까지. 감

독판으로.

　이야기하는 동안, 그녀는 손에 든 진자를 탁자 한 가운데에 늘어뜨리고 살짝 흔들어 보인다.

　"그가 잘 있는지 알고 싶나요? 빛을 찾았는지 알고 싶나요?"

　"네."

　그녀가 갑자기 진자를 떨어뜨리는 바람에 화들짝 놀란다. 펜던트는 긴 사슬과 함께 탁자에 떨어진다.

　"궁금한 것이 그뿐이라면 이제 됐어요. 당신이 들어오는 순간, 그 사람이 빛을 찾았다는 걸 느꼈답니다. 분명히 느꼈어요."

　갑자기 가슴 속에 온기가 퍼져나갔다. S가 무사하다. 잘 지내고 있다.

　"그는 잘 있나요? 확실한가요?" 하고 내가 묻는다.

　"그는 행복해요. 이제는 평온함을 찾았거든요. 궁금한 건 그뿐인가요?"

　"네" 하고 나는 대답한다.

　"그렇다면, 걱정할 것 없어요."

　심령술사의 성급함이 오히려 그녀가 정직하다는 증거처럼 느껴졌다.

　만약 그녀가 사기꾼이었으면, 오히려 허풍을 떨면서 말을 길게 늘어놓았을 것이다. 반면에 그녀는 자기 행동이 상대방에게 어떤 인상을 줄지 전혀 걱정하지 않

는 것처럼 보인다. 그녀는 솔직하고, 직설적이다. 말을
빙빙 돌릴 필요가 없기에, 바로 정곡을 찌르는 거다.

"사례금을 주고 싶으면 거기에 두고 가세요."

그녀는 탁자 위 오른쪽에 있는 바구니를 가리킨다.

"의무는 아니에요."

그녀가 말한다.

나는 자리에서 일어난다. 친구가 최소한 5만 리라
는 사례금으로 줘야 한다고 미리 귀띔해주었다. 주머
니에 손을 넣어 5만 리라짜리 지폐를 꺼낸다. 바구니에
돈을 넣을 때, 그녀는 다른 곳을 바라본다. 마음만 먹으
면 5리라나 500리라만 넣을 수도 있었을 거다.

나는 그녀에게 인사하고, 방에서 나온다.

거실 시계가 심령술사와의 만남이 10분 만에 끝났
다는 사실을 알려준다.

S가 빛을 찾았다는 말을 듣는 순간 느꼈던 커다란
안도감은 이미 희미해지고 있었다. 확실히 효과가 방금
전보다 훨씬 약해졌다.

친구가 어땠는지 묻는다.

나는 애써 미소를 지어 보인다.

"S는 행복하대. 빛을 찾았대."

그녀는 나를 껴안는다.

"실력이 뛰어나다고 말했잖아."

정말로 그랬다. 심령술사는 내가 듣고 싶었던 유일

한 말을 탁월한 자신감으로 말해주었다. 그녀는 실전에 뛰어났다.

내 몸의 모든 세포가 그녀의 말이 맞기를 바라는 게 느껴진다. 하루살이 같은 안도감이 지속되기를 바랐다. 그녀의 말이 기적의 묘약처럼 나를 구원해주기를 바랐다. 하지만 나는 이미 알고 있다. 그런 일은 일어나지 않을 거라는 걸.

나는 친구와 심령술사의 집을 나선다. 빈티지 스타일의 엘리베이터를 다시 타고, 거리로 나온다. 다시 한번 친구와 포옹하며 인사하고, 그녀와 헤어진다.

S는 빛을 찾았다. 그럴지도 모른다.

하지만 나는 여전히 어둠 속에 가라앉아 있을 것이다.

영화제에서 젊은 여자가 모르는 남자를 따라 도시를 헤매는 단편 영화를 본 적이 있다. 그녀는 남자의 직장 앞에서 그가 나오기를 기다렸다, 커피를 마시러 바에 가는 남자를 미행하고, 버스에서 남자 뒷좌석에 앉았다. 그녀는 신중하고, 끈질겼다. 남자와 이야기하려는 시도조차 하지 않았다. 남자는 그녀가 누군지도, 그녀가 자기를 따라다니는지도 몰랐다. 영화가 끝날 즈음에야, 두 남녀의 관계가 밝혀졌다. 남자가 교통사고로 사망한 그 여자 남편의 심장을 이식받았던 거다. 여자가 잘 알지도 못하는 남자를 따라다닌 이유는, 세상을 떠난 사랑하는 남편의 정수가 그의 몸 안에서 박동하고 있기 때문이었다.

당시 나는 그 영화가 시적이긴 하지만, 작위적이라고 생각했다. 죽음을 이기는 사랑에 대한 억지스러운 은유처럼 느껴졌다.

　그때만 해도 나는 너무나 순진했다. 삶과 고통이 무엇인지 전혀 몰랐다.

　S가 죽은 후에 모르는 사람이 S의 심장을 가지게 되었다면, 나는 몇 날 며칠 어디든 그를 따라다녔을 것이다.

사람들 눈에 나와 S는 이상한 커플처럼 보였다.

너무나 다른 사람끼리 지내다 보면, 커플 내부보다 외부에서 오는 어려움이 더 크다. 정작 당사자들은 함께 살면서 극복한 차이를 다른 사람들 앞에서는 눈치채지 못하게 잘 조율해야 한다.

각자의 환경을 경험해보니 상대방의 세계에 있을 때면 물에서 나온 물고기처럼 어색했다. 그 정도로 S의 세계는 내가 속한 세계와 공통점이 거의 없었고, 나의 세계는 그가 속한 세계와 공통점이 하나도 없었다.

둘이 있을 때는 그런 이야기를 거의 하지 않았다. 우리는 그런 상황을 잘 알고 함께 풀어나갔다. 그것은 함께하는 삶의 매력이기도 했다. 관습을 깨는 이중 도전이었다.

우리는 인종도 같고, 성별도 같지만 너무나 다른 커

플이었다.

S는 직설적이고 무뚝뚝했다. 그에게는 그런 행동
이 자연스러운 것이었지만, 내 주변 사람들은 상황에
맞지 않다고 생각하거나 때로는 전적으로 부적절한 행
동으로 받아들였다.

한번은 내 친구 잔마르코를 데리러 S와 함께 리나
테 공항에 간 적이 있다. 잔마르코는 외국에서 살고 있
어서, 그날 나는 그를 몇 달 만에 보았다. 잔마르코에게
편지로 S 이야기를 들려주기는 했지만, 둘이 실제로 만
나는 것은 처음이었다. 차에서 나와 잔마르코는 몇 분
안에 떨어져 지낸 몇 달 동안 못다 한 이야기를 다 해야
한다는 강박관념에 사로잡히기라도 한 듯 정신없이 대
화를 나눴다. S는 우리 이야기에 별 신경을 쓰지 않고,
길을 찾으면서 운전을 하다 아무런 예고 없이 바 앞에
서 차를 세우더니 이렇게 말했다.

"난 맥주 한잔하고 싶은데 너희는 어때?"

예기치 못한 S의 행동에 우리는 둘 다 고개를 가로
저었다.

"그럼, 10분만 기다려."

S는 이렇게 말하고 차에서 내렸다. 나는 그런 식의
중간이 없는 행동에 익숙해져서 별로 개의치 않았지만
파리 패션계 사람들과 친하게 지내고, 오후에 근교 맥
줏집을 찾아다니는 것보다는 고급 클럽에서 열리는 샴

페인과 코카인 파티가 익숙한 잔마르코는 나를 걱정스러운 시선으로 바라보았다.

"원래 저렇게 위협적이야?"

그가 물었다.

"폭력적인 사람이면 내게 말을 해줘. 너 설마 맞고 사는 건 아니지?"

나는 웃음을 터뜨렸다. 둘이 있을 때, S는 다정하고, 조용했다. 그가 폭력을 쓴다는 생각 자체가 어이없고, 우습게 느껴졌지만, 다른 사람들이 보기에는 그의 거친 면모가 위협적으로 보일 수 있다는 사실을 나도 알아야 했다.

물론 정반대의 경험도 있었다.

스트레가상 후보자 명단에도 이름을 올린 적이 있는 저명한 작가 친구의 초대로 주말에 로마를 찾았을 때였다. 친구는 여섯 명 정도 되는 다른 손님들과 함께 우리 둘을 저녁 식사에 초대했다. 그는 문학과 정치 모임에서 인기가 많은 유명 인사로, 몬티로 이사를 간 후 새집을 보여주려고 사람들을 초대했다. 우리는 벽면 전체를 책장으로 채운 층고가 높고 천장화가 그려진 방과 현대 미술가들의 작품들을 걸어놓은 복도를 구경했다. 관람 중에 S가 허락도 구하지 않고 담배에 불을 붙이자, 친구는 그런 S를 매섭게 째려보며 담배는 발코니에

나가서 피워달라고 했다. 나는 그 당혹스러운 외교적 참사를 못 본 척하고, S가 로마의 테라스들을 바라보며 혼자 담배를 피우게 내버려두었지만, 느낌상 작가 친구가 나까지 덩달아 비난하는 것만 같았다.

그런 다음, 식전주를 마시고 있는 와중에 친구가 다가와 온수기가 고장 났는데, 수리하러 오기로 한 기술자가 다음 날 아침으로 약속을 미루는 바람에 따뜻한 물이 나오지 않는다고 사과했다. 나를 비롯한 손님들이 식전주를 홀짝이는 동안 S는 소파에서 일어나 온수기가 어디에 있는지 물었다. 친구는 그를 부엌으로 안내했고, 곧이어 S가 "혹시 스크루 드라이버가 있나요?"라고 묻는 소리가 들렸다.

15분 정도 후에 온수기는 다시 작동하기 시작했고, 유명 작가 친구는 이제껏 진가를 알아보지 못한 천재를 바라보는 듯한 존경 어린 눈빛으로 나의 파트너를 바라보았다. 이번에는 나도 S를 향한 찬사를 함께 즐길 수 있었다. S는 자신을 향한 찬사에도 비난받을 때와 다름없이 무덤덤한 반응을 보이며 제자리로 돌아가 마시던 칵테일을 계속 마셨다.

그에게 사회적 관습은 하나도 중요하지 않았다.

그의 옷장을 비워야 했다. 그의 물건을 치워야 했다. 그의 소지품을 어떻게 처리했는지 기억이 나지 않는다. 가족에게 주었는지 아니면, 자선 단체에 기부했는지. 이 이야기에 잔뜩 뚫린 수많은 기억의 구멍 중 하나다. 그의 옷을 누구에게 주었지? 잘 모르겠다. 그의 모자와 벨트와 스웨터는? 그의 CD는? 그의 차는? 누가 가지러 왔었던가? 잘 모르겠다. 모두 당시 나의 머리가 지우기로 결정한 커다란 기억 덩어리의 일부였다.

그의 소지품 중에 내가 간직하는 것은 전기바리캉뿐이다. 우리 둘이 함께 사용하던 물건이기도 하고, 계속 사용할 수 있을 것 같았기 때문이다. 나는 전기바리캉을 간직할지 말지 고민했다. 그것은 전자제품 판매점에서 쉽게 살 수 있는 일반적인 전기바리캉이 아니었다. S가 미용용품 판매점에서 구입한 전문가용 전기바리캉이었다. 다양한 칼날로 길이를 조절할 수 있는 이발사용이었다. S가 전문가용 전기바리캉을 산 이유는 그가 거의 항상 민 머리를 하고 다녔기 때문이다. 머리를 밀 때마다 미용사에게 돈을 낼 필요가 없다면서, 혼자서 머리를 깎겠다고 했다. 시간이 흘러 나도 S와 같은 군인 머리로 스타일을 바꾸게 되었다. S는 짧은 0.01mm짜리 칼날을 사용했고, 나는 중간 길이로 잘리는 0.03mm 칼날을 사용했다. 그 길이로 밀면, 머리를 짧게 깎을 수 있었지만, 그렇다고 S처럼 목덜미가 훤히 보이지는 않았다.

구하기 쉬운 모델이었으면, 전기바리캉도 다른 소지품들과 함께 치워버렸을 것이다. 하지만 그것과 똑같은 전문가용 전기바리캉을 어디서 구해야 할지 몰라 그냥 간직하기로 했다.

S의 옷 중에서는 카디건과 청바지 한 벌 만을 간직했다.

카디건을 버리지 않은 건 그의 체취가 배었기 때문이다. 나는 그 사실을 카디건을 옮기다 알았다. S의 감각적인 흔적이 섬유 사이에 갇혔다. 나는 며칠 동안 카디건 냄새를 맡으러 집 안을 왔다 갔다 했다. 저녁에는 잠자리에 들기 전에. 낮에는 찌르는 듯한 고통이 참기 힘들어질 때마다. 나를 죄어오는 광기에 맞서기 위한 유일한 행동이었다. 나는 옷장을 열고, 내 눈높이에 있는 선반에 올려놓은 카디건을 향해 손을 뻗어 개인 상태 그대로 집어서 얼굴을 묻고 숨을 들이마셨다. 그렇게 하면 잠시나마 S가 아직도 여기에 나와 함께 있는 것만 같았다. 그가 함께 있는 것이 느껴졌다. 물론 한없이 넋을 놓고 있지는 않았다. 그 체취는 아끼고 소중히 간직해야 할 소중한 보물이었으니까. 나는 카디건을 제자리에 올려놓고, 옷장을 닫고, 지나치게 자주 열지 않도록 조심했다.

그러다 시간이 흐르면서, 체취가 점점 더 약해지더니, 결국 완전히 사라져버렸다.

언젠가는 일어날 일이라는 걸, 피할 수 없는 일이라는 걸 알고 있었다.

그것은 사라져가는 메아리였다. 그가 나의 삶에 남겼다가, 자신과 함께 거두어가고 있는 수많은 흔적 중 하나였다.

이별은 수많은 겹으로 이루어진, 끝없는 작별 인사였다.

청바지를 간직한 이유는 잘 기억나지 않는다. 아마도 청바지야말로 그의 트레이드 마크였기 때문일 것이다. S는 청바지만 입었다. 다른 바지는 아예 사지도 않았다. 왜냐고 물으면 자기는 원래 청바지 타입이라고 했다. 그뿐이었다.

몇 년 후에, 이사하면서 누군가 S의 청바지를 다른 물건이 들어 있는 상자에 넣어버렸다. 상자를 열어보니 그의 청바지가 어떤 것이었는지 구분할 수 없었다. 흔한 모양이라, 나에게도 비슷한 청바지가 있었기 때문이다. 어느 것이 S의 청바지고 어느 것이 내 것일까?

· 사춘기 시절 최초로 읽은 동성애 소설에 두 소년이 첫 경험을 하고 침대 밑에 떨어진 새하얀 팬티가 누구 건지 구분하지 못하는 내용이 나온다. 자기 팬티가 어느 건지 구분하지 못하는 소년들의 불확실성은 그들의 정체성이 이미 뒤섞였음을 의미한다.

나에게 시간이 내 페티시의 상징적인 가치를 지웠다. 시간은 추억을 향기처럼 날아가게 했다.

우리는 7년 동안 한 몸이었다.

나와 그의 오래된 청바지를 구분하는 것은 이제 무의미하다.

S의 누나가 내게 무덤에 놓을 S의 사진을 달라고 했다.

나는 S의 최근 사진을 가진 유일한 사람이었다.

나는 그가 가장 환하게 웃고 있는 사진을 골랐다.

사진 속 S는 짧게 민 머리에 잿빛 턱수염을 기르고 바이커 가죽 재킷 차림으로 카메라 렌즈를 향해 행복하게 웃고 있었다. 나를 향해 웃고 있었다.

어디를 여행하다 찍은 것인지 잘 모르겠지만, 목적지에 도착하자마자 찍은 사진으로 기억한다. S가 오토바이를 주차하고 나를 돌아보는 순간 찍은 사진이다. 그는 내가 자신을 찍을 거라는 걸 모르고, 카메라 렌즈를 보는 순간 놀라서 미소를 지어 보인 거다.

그 순간 그가 행복했다는 것을 안다. 오토바이 여행 중에는 항상 행복했으니까.

엘레나도 그 사진이 제일 좋고, 제일 적합하다는 데

동의했다. 사진 속 S는 'S다워 보였다'.

엘레나는 사진을 도자기에 인쇄해 무덤에 놓기 위해 직접 장의사에게 가져갔다. 장례식과 관련된 모든 일은 S의 가족이 처리하고 있었기 때문이다.

처음 묘지에 갔을 때 나는 충격에 빠졌다. 사진 속 S에게 턱수염 대신 새까만 콧수염이 생겼기 때문이다. S는 콧수염을 싫어했다.

나는 당장 엘레나에게 전화를 걸었다

"포토샵으로 편집하면서 실수를 한 것 같아. 하지만 다시 제작하기에는 너무 늦어서 어쩔 수 없었어."

그녀가 말했다.

사람들이 보고, 기억할 S의 사진은, 그를 제대로 보여주지 않았다. 실제 S와 아무런 관련이 없었다.

살아생전 콧수염을 기른 적이 없는 S인데, 활짝 웃는 얼굴로 영원히 콧수염을 자랑하게 되었다.

그날 밤, S의 시체를 발견한 후에, 내 뇌가 무슨 일이 일어났는지 인지한 후에, 내가 이해하고, 대응할 수 있도록 받아들일 수 있는 개념으로 만든 후에, 소리 없는 절규를 외친 후에, 빠져나갈 수 있는 출구와 이 일이 일어난 이유와 내 앞에 나타난 악몽을 지워버리기 위한 스위치를 찾아 정신 나간 로봇처럼 방 안을 빙글빙글 맴돌 후에, 나는 복도로 나가 안뜰과 층계참을 향해 소리를 지른다.

도와주세요.

도와주세요.

도와주세요.

누구를 향한 외침인지, 누구에게 도움을 청하는 건지 알 수 없었다. 아마 온 세상을 향한 외침이었으리라.

잠시 후에 누군가 온다. 남자 셋이다. 인사를 한 적

은 없지만, 계단이나 건물 입구에서 마주친 적이 있는, 같은 건물에 사는 사람들이다.

내가 아파트 안을 가리켜 보이자 셋은 집 안으로 들어간다. 나는 그들의 뒤를 따른다.

그들의 얼굴에서 공포와 경악이 드러난다. 그러다 정신을 가다듬고, 둘은 S의 몸을 붙들고, 나머지 한 명은 밧줄을 끊기 위해 부엌 싱크대에 놓인 칼꽂이에서 칼을 찾아 들고 돌아온다. 그들은 이미 어떻게 할지 아는 사람들처럼 움직인다. 이런 일을 이미 겪어본 것처럼. 이런 상황에 어떻게 행동해야 하는지 DNA에 새겨진 것 같다.

그들은 아무 말 없이 시체를 땅에 눕힌다.

더는 할 수 있는 것이 아무것도 없다는 듯한 시선으로 나를 바라보다(실제로 그랬다), 밖으로 나간다.

문은 여전히 열려 있다.

문밖으로 사람들의 윤곽이 나타나고 목소리가 들려온다. 다른 이웃 사람들이 비명에 이끌려 나온 것이다. 그들은 무슨 일인지 알고 싶어 한다. 이해하고 싶어 한다. 낮은 목소리로 수군대는 소리가 들린다. 아무도 들어오지 않는다. 구급대원들이 도착할 때까지 집에는 오직 나와 S의 시체뿐이다.

그날 이후 몇 번인가 세 남자와 마주쳤다. 아파트

현관에서, 아내와 함께 계단을 오를 때, 아이들의 자전거를 아파트 안뜰에 설치된 자전거 보관용 선반에 올려놓을 때나 경비실에서 택배를 찾을 때 말이다.

그때마다 그들에게 뭐라고 해야 할지 고민됐다. 고맙다고 말하는 건 그로테스크하게 느껴졌다. 그런 일을 고맙다고 해야 하나? 아니다. 이런 상황에 맞는 알맞은 표현이 없었다. 이와 관련된 관습은 존재하지 않았다.

딱 한 번 셋 중 한 명이 내게 말을 건넨 적이 있다. 엘리베이터에 탔는데, 남자가 엘리베이터 문이 닫히기 전에 두 아이와 들어왔다. 그는 엘리베이터에 탄 후에야 내가 누군지 알아보았다. 타기 전에 알아보았다면, 기다렸다 다음번 엘리베이터를 탔을 것이다.

남자는 DVD 대여점에서 빌린 DVD를 들고 있었다. 내가 푸른색과 노란색이 섞인 DVD 케이스를 바라보고 있다는 사실을 알아차린 그가 말했다.

"기분 전환을 하려고 가볍게 웃으면서 볼만한 영화를 빌렸어요."

"잘하셨어요" 하고 내가 말했다.

우리는 평범한 이웃 역할을 완벽하게 연기하는 척하면서 옅은 미소를 주고받았다.

내 삶의 가장 비극적인 순간을 완벽한 타인들과 함께한 것은 황당하고 잊을 수 없는 경험이다(나쁜 아니라 그들도 마찬가지였을 것이다). 비록 말로는 표현하지 못했지만, 그 경험으로 우리는 어떤 방식으로든 영원히 이어져 있을 것이다.

"때로는 사람들의 친절이 내가 완전히 망가졌다는
사실에 대한 확인에 지나지 않는다는 생각이 든다."

— 오션 브엉,《지상에서 우리는 잠시 매혹적이다》

만병통치약을 찾아 헤매다 친구들의 이야기를 듣고 로마에 있는 기 치료사와 약속을 잡았다. 친구들 말로는 그녀가 뭐라 설명할 수 없는 치료법을 사용한다고 했다. 마사지를 하면서 자신의 기를 불어넣어, 내면 깊은 곳에서 무슨 일이 일어나고 있는지 알아내 문제를 해결할 수 있도록 도움을 준다는 거다. 그녀에게 가면 답을 찾을 수 있을 거라고 했다.

내 여동생의 오랜 고객이자 친구인 대학교수가 직접 연결해준 덕분에, 기 치료사의 빡빡한 일정에도 예약을 잡을 수 있었다.

예약한 날 아침, 잠에서 깼는데 몸에서 열이 난다. 침대에서 일어날 수조차 없는 상태라 네 시간 반이나 기차를 탈 수 있을 리가 만무하다. 나는 기 치료사의 휴대전화로 전화를 걸어 상황을 설명한다. 그토록 빨리 시간을 내어준 것 자체가 특별 대우라는 사실을 알고 있기에, 미안해서 미칠 것만 같다. 전화상으로 그녀의 목소리는 평온하게 들린다. 그녀는 다음 주로 예약을 옮겨준다.

교황청 공보실장인 나바로 발스와 교황 알현 약속을 잡는 것도 아닌데, 재차 사과하고 고마움을 표한다. 열이 나는 데다 오랜 기간 정신적인 탈진 상태여서 제정신이 아니었다.

나는 그다음 주에 그녀를 방문한다.

치료실 분위기는 병원과 비슷하다. 대기실에는 의자와 잡지와 인쇄물들을 올려놓은 작은 탁자가 있다. 벽에는 벚꽃, 폭포, 알프스산맥 풍경이 담긴 포스터가 붙어 있다. 목가적인 평온함을 상징하는 전형적인 사진들이었다.

치료실 문이 열리자 중간 기장의 까만 머리에 키가 작고 얼굴이 통통한 여자가 모습을 드러낸다. 여관이나 빵집 주인 같은 인상이다. 영적이라기보다는 육감적인 인상이다.

기는 물질계로 흘러오기 위해 특이한 길을 선택하나 보다.

그녀는 내게 신발과 스웨터를 벗으라고 한다.

침대에 엎드려 누우라고 한다.

다리부터 시작해서 내 몸을 섬세하게 마사지하면서 내가 온 이유를 묻는다. 내 사연은 무엇이고, 내 아픔은 무엇인지 묻는다.

나는 마음의 평화를 찾으려는 필사적인 노력 속에서 지금껏 기회가 있을 때마다, 대상을 가리지 않고 백만 번은 반복했을 법한 이야기를 또다시 늘어놓는다.

사실 나는 기 치료가 뭔지 잘 모른다. 원리도 모르고, 효과를 믿지도 않는다. 정보를 모으고, 이성적인 기준이나 형이상학적인 믿음에 따라 분석할 수 있는 능력이 내게는 없다. 최근 나의 분석 능력은 정지 상태다. 모든 것이 유의미하고, 모든 것이 무의미했다. 나는 뭐든 남들이 하는 데로 내버려두었다. 그녀는 마사지를 계속한다.

과연 언제 뭔가 통할지 궁금하다. 언제 그녀의 손에서 온기가 나오고 친구들이 그토록 칭찬했던 구원의 에너지가 전달될지 궁금했다.

나는 온기는커녕 냉기를 느꼈다. 온몸에서 냉기가 느껴졌다. 그녀의 손길에서도, 움츠러든 나의 심장에서도.

잠시 그녀가 하는 대로 내버려두다, 마침내 그녀에게 묻는다.

"느낌이 오나요?"

내 말의 의미를 나도 잘 모른다. 그 질문에 맞는 대답이 있는지도 모르겠다.

그녀가 말한다.

"당신은 매우 고통받고 있군요. 당신 안에 들어가기가 너무 힘들어요."

고맙지만 나도 알고 있어요. 말해주지 않아도 이미 알고 있어요.

치료는 끝나지 않을 것처럼 지루하게 이어졌다. 예상대로 진행되지 않는 것이 확실하다.

그녀의 손길에서 아무런 기운이 느껴지지 않았다.

그녀는 고장 난 기계를 만지고 있다. 내 근육은 풀어졌지만, 영혼은 얼음처럼 굳어 있다.

내가 옷을 입는 동안 그녀가 말한다.

"미안합니다."

자신이 실패한 것을 아는 거다.

나는 그녀보다 당황하지 않았다. 아무도 나를 구원할 수 없다는 사실을 아니까. 그녀는 시도해보았지만, 나를 집어삼킨 괴물은 맨손으로 대적할 만한 상대가 아니었다.

장례식 후에 내가 꼭 해야 할 일이 있다. 바로 그의 아들을 만나 대화를 나누는 것이다. 아직 어린 S의 아들에게 이 일의 파장은 엄청났을 거다.

어느 날 저녁, 나는 그 애에게 전화해 언제 한번 보러 가도 되냐고 묻는다.

그 애는 어른들의 어이없는 요청을 이해하지 못하는 아이답게 쑥스러워하면서도 좋다고 한다.

우리는 토요일 오후로 약속을 잡는다.

집으로 가니, S의 전 부인이자 그 애의 엄마가 나를 맞이한다. 적어도 오늘은 평온해 보인다. 그녀는 내게 다정하게 대해준다. 커피를 권했지만, 나는 긴장한 데다 복잡한 상황 때문에 속이 불편해서 사양한다. 그녀가 아들을 부르러 간 동안, 커피 대신 자극적이지 않은

물을 마신다.

다비데는 전형적인 사춘기 소년답게 헤드폰을 낀 채 자기 방에 틀어박혀 있다 머뭇거리며 힘없이 내가 앉아 있는 부엌 식탁으로 다가온다.

"우리 바람 좀 쐬고 올까?"

내가 묻는다.

다비데는 자기 엄마를 바라본다.

"엄마도 가는 거죠?"

질문이라기보다는 간청처럼 들린다. 하지만 안젤라는 현재 상황을 정확하게 이해하고 있었다.

"아니. 아저씨랑 둘이 가는 게 좋겠구나."

차에 올라 시동을 건다. 나는 공장과 창고가 많은 근교로 그 애를 데려가기로 마음먹는다. 눈에 띈 한 회사의 빈 주차장에 도착한다. 영업시간이 아니라 텅 빈 주차장에는 우리뿐이다. 나는 자동차 시동을 끈다.

옅은 안개가 차 주변에 내린다. 황량한 풍경과 12월의 추위가 분위기를 완성한다.

이보다 더 비참할 수는 없을 것이다.

이제 내가 말할 차례다.

"내가 왜 너를 만나려 했는지 아니?"

다비데는 어깨를 으쓱해 보인다.

"아빠가 죽어서 슬퍼서요."

다비데가 말한다. 맞아도 그만 틀려도 그만이라는 듯, 별생각 없이 말하는 말투다.

오늘따라 그 애가 평소보다 더 어려 보인다.

다비데는 아직 아무것도 되지 못한 어중간한 나이다. 연약한 뼈대와 윗입술에 나기 시작한 솜털, 부쩍 길어진 몸. 그 애는 이제 어린애는 아니지만, 아직 소년도 아닌, 과도기의 존재였다.

1년 전 어느 여름 오후가 생각났다. 아빠를 보러 온 다비데를 데리고 셋이 함께 시립 수영장에 갔다. 수영장 입구에 신문 가판대가 있었다. S가 사고 싶은 것이 있냐고 묻자 다비데는 잠시 진열된 신문을 살펴보다가 인형이 든 봉투를 하나 골랐다. 딱 봐도 다비데보다 나이가 어린 아이들용으로 제작된 상품이었다. S는 놀랐지만, 아무 말도 하지 않았다. 자기도 잡지를 고른 후에 계산했다. 수영장으로 가면서 다비데의 표정에서 그런 물건을 샀다는 사실에 대한 수치심이 드러났다. 자기 나이에 맞지 않는 걸 알면서도, 사고 싶은 마음을 참지 못한 거였다. 과도기이기에 아직은 허용될 수 있는 유년기의 잔재였다.

그 일이 왜 하필 지금 떠오르는지는 잘 모르겠다.

아마도 다비데는 최근에 일어난 일로 고통받고 있는 자신의 마음을 누군가가 위로해주고, 보듬어주기만을 바랄 것이다. 어느 때보다 보호받고 싶어 하는 강아지가 된 것 같았다.

그러니 지금 내가 하려는 일이 쉽지 않을 것 같다.

"너와 그 일을 이야기하고 싶었어. 네 생각이 어떤 지도 듣고 싶고."

"아무 생각도 없어요."

다비데는 바로 방어적으로 대답한다.

"네 아빠는 널 사랑했어. 그건 알지?"

다비데의 얼굴 근육이 딱딱하게 굳는다. 표정이 차 가워진다. 재 속에서 불씨가 타오르고 있었다.

"알고 있지?"

내가 재차 묻는다.

그러자 다비데도 참지 못한다.

"정말 나를 사랑한다면 어떻게 그런 짓을 할 수 있 죠? 왜 내 생각은 안 한 거죠?"

"그렇지 않아. 아빤 항상 네 생각을 했어."

"거짓말. 아빤 비겁해요."

"그 반대야. 아빠가 평소에 얼마나 자주 전화했지?"

"매일 저녁이요."

"자살하기 전 열흘 동안 너한테 몇 번 연락했니?"

"한 번도 안 했어요."

"그 이유를 아니?"

다비데는 아무 말도 하지 않았다.

"도저히 전화할 수 없어서 그런 거야. 다른 사람은

다 속여도, 너는 속일 수 없으니까. 네 목소리를 듣고도 아무렇지 않은 척할 수 없으니까. 그러기엔 너는 너무나 중요했거든."

밖이 어두워지기 시작한다. 바깥세상의 윤곽이 안개 속에 희미해진다. 온 우주에 이 작은 공간, 우리 둘이 함께 있는 따스한 차 안밖에 없는 것 같다. 그 순간 들려오는 소리라고는 오직 내 목소리와 다비데의 숨소리뿐이다.

"아빠와 내가 가장 행복했던 순간에도, 네 아빠는 항상 말했어. '너는 내 삶에서 두 번째로 아름다운 존재야'라고. 네 아빠에게 가장 소중했던 존재가 무엇인지 알겠니?"

다비데는 내 질문의 수사학적 의미를 알아차리고, 나를 바라본다.

"바로 너야. 또 이런 말도 했어. '살면서 수많은 실수를 저질렀지만, 잘한 일이 딱 하나 있어.'"

다비데의 침묵은 이야기를 계속해도 된다는 암묵적인 허락이다.

"네 아빠를 죽음으로 내몬 고통이 얼마나 깊었는지, 우리는 영원히 모를 거야. 하지만 이 사실은 확실해. 네게 전화하지 않은 건 세상을 떠나기로 결심한 아빠에게 네가 삶과 이어진 유일한 연결 고리였기 때문이라는 거."

　다비데는 울음을 터뜨린다. 굵은 눈물이 두 뺨을 타고 흘러내린다. 눈물을 참을 수도 없고, 참으려는 마음도 없는 것 같다.

　나는 다비데를 바라보던 시선을 눈 앞에 펼쳐진 허공으로 돌린다. 다비데의 감정을 존중하는 마음에서, 마음껏 울어도 좋다는 신호였다.

　몇 분 동안 우리는 복받쳐 오르는 감정 속에 잠시 그대로 머문다.

　입을 먼저 연 쪽은 다비데다.

　"고마워요. 이제 아저씨가 왜 저를 만나려고 했는지 이해했어요."

　그 애는 코를 훌쩍이며 덧붙인다.

　"요즘 아빠가 그런 짓을 한 건 날 중요하게 생각하지 않아서라는 생각이 들었거든요. 하지만 아저씨 덕분에 아빠가 나를 정말 사랑했다는 사실을 알게 됐어요."

　이번에는 내가 다비데의 말에 감동받는다. 어린 소년에게 그런 말을 들으리라곤 생각지도 못했다.

　나는 아들에게 아버지를 되찾아주었다. 모든 것이 무의미한, 나를 둘러싼 이 황당한 고통의 황무지 속에서 적어도 한 가지 좋은 일은 했다.

　이번만큼은 나 자신이 자랑스럽다.

고통은 몰래 잠복해서 기다리다 예기치 못한 순간에 나를 덮친다. 우연한 기회에 곤란한 장소에서 거칠고 맹렬하게 나를 공격한다.

말하자면 이런 식이다. 회사에서 회의에서 돌아오는 길에, 다른 층으로 이어지는 계단에서, 갑자기 S가 자살했다는 사실이 사무치게 현실적으로 느껴진다. 업무와 출퇴근, 일상의 소소한 잔일과 생산 사회의 규칙으로 제어하려고 그토록 애를 썼던 침략적이고 야만적인 생각이 머릿속에 되돌아온다.

원리를 설명하기는 쉽지 않다. 마치 마음 한구석으로 밀어놓고, 한동안 방치해둔 생각이 갑자기 자신의 지위를 완강하게 주장하면서 다른 모든 것을 지워버리고 양보할 마음 없이 생각의 중심을 차지하려는 것 같다. 그런 현상이 뺨을 맞듯 순식간에 일어난다.

나는 숨을 헐떡이며 계단에 멈춰 선다. 두 눈에 눈물이 차오르다 강물처럼 흘러내린다. 흐느껴 울다 일어서 있지 못하고, 계단에 주저앉는다. 통제할 수 없는 울음과 신음 같은 통곡에 나를 맡긴다.

운명이 내게 관대하다면, 몇 분이라도 계단 쪽에 아무도 얼씬거리지 않게 해주었을 것이다. 엘리베이터도 있는데, 계단으로 층을 오르내리는 것이 흔한 일은 아니니까. 잠깐의 고독 속에 수치스러운 상황을 면하는 것도 나쁘지 않을 것이다.

그러나.

나는 향해 다가오는 발걸음 소리가 들린다. 하지만 나는 발소리에 반응할 수 없다. 울음을 그칠 수도, 자리에서 일어날 수도, 도망갈 수도 없다. 내게는 그럴 힘이 없다. 특히나 이런 순간에는. 나는 될 대로 되라는 심정으로 그대로 머문다.

우리 회사에는 세 명의 대표가 있다. 그중 둘은 아트디렉터고, 한 명은 경영을 담당하고 있다. 아트디렉터인 넘버원, 넘버투와는 매일 얼굴을 본다. 일로 계속 마주하다 보니 그 둘과는 매우 친숙해졌다. 넘버쓰리는 가끔 지나가다 마주쳤을 뿐, 한 번도 제대로 이야기를 나눈 적이 없었다. 과연 그가 내 이름을 아는지조차 의심스러웠다.

그날 계단에서 마주친 사람이 바로 그 넘버쓰리다.

상황은 이러하다. 나는 흐느껴 울며 주저앉아 있고, 그는 서류를 손에 든 채 서둘러 계단을 오르고 있다. 바쁜데 계단을 선택한 것 자체가 모순적인 행동이지만.

그는 내 모습을 발견하고 발걸음을 멈춘다. 이런 상황에서는 어떻게 행동해야 할까?

절망에 빠진 남자 앞에서 무엇을 해야 하는가.

게다가 그 대상이 부하 직원이라면?

이런 상황에 적합한 규칙이 있었던가?

우리는 잠깐 시선을 교환한다. 어떤 이유인지는 모르겠지만, 순간 서로의 마음이 통했다.

넘버쓰리는 아무 말도 하지 않고, 아무런 조치도 취하지 않는다. 내 곁을 지나, 가던 길을 간다.

나는 나를 모른 척해준 그에게 한없이 감사한 마음으로, 눈물 속에 머문다.

그로부터 5개월 후.

봄이 왔다. 회사에서 파티가 열렸다. 국제적인 클라이언트를 대상으로 중요한 프로젝트를 따낸 것을 기념하는 파티다. 이탈리아 기준으로는 엄청난 규모의 프로젝트였기 때문에, 경영진이 크게 한턱내기로 했다.

이제는 사람들 앞에서 훨씬 더 자연스럽게 행동할

수 있다. 그동안 허탈감을 홀로 삼키고, 친구들이나 잘 모르는 사람들 앞에서 갑자기 울음을 터뜨리지 않고, 필요할 때 사교적인 태도를 취하는 법을 익혔기 때문 이다.

지금처럼.

나는 스파클링 와인을 손에 들고 동료들에게 둘러 싸여 있다. 사람들은 웃으며, 술을 마신다. 나도 술을 마신다. 미소도 짓는다.

먼저 넘버원이 짧은 인사말을 한다. 그는 모두 수고 했다고 하면서 술잔을 든다. 퇴근 전 약 30분 정도 모두 함께 술을 마시며 수다를 떨었다.

즐겁고 평온한 분위기가 무르익은 가운데, 믿을 수 없는 일이 벌어졌다. 넘버쓰리가 홀을 가로질러 내게 다 가와 모두가 보는 앞에서 나를 껴안은 거다. 예의상으 로 하는 포옹이 아니라, 진짜 포옹이었다. 오랫동안 만 나지 못한 친구나, 다시 만난 형제끼리 할 법한 애정이 담긴 포옹이었다. 그의 포옹은 주변 사람들을 놀라게 했다.

넘버쓰리는 셋 중에 가장 신중한 사람이었다. 직원 들과는 항상 거리를 두었기 때문에, 우리처럼 콘텐츠를 만드는 직원들은 그를 잘 몰랐다. 그는 우리에게 허심 탄회한 모습을 거의 보여준 적이 없었다. 게다가 누굴 포옹한 적은 한 번도 없었다.

우리는 모두의 구경거리가 되었다.

한동안 나는 대중에게 노출되는 것에 면역이 되어 있었다. 내 고통이 불러일으키는 호기심에 면역이 되어 있었다. 그럼에도 이번만큼은 놀라지 않을 수 없었다.

넘버쓰리는 나를 꼭 껴안으며 말한다.

"전보다 좋아져서 정말 다행이군요."

다른 설명을 할 필요도 없이, 나는 그의 말을 이해한다.

업무적인 포옹이 아니었다. 회사 행사와도, 축하 파티와도 관련이 없다. 그의 포옹은 참았던 것을 표출한 것이었다. 그날 나와 계단에서 마주친 날부터 참았던 포옹이었다. 몇 달을 기다려서 구체화해 세상에 내놓은 행동이었다.

때로 연민을 표현하기 위해서 지켜야 할 시간이 있는 법이다. 그는 그 시간을 존중했다.

(그 일이 일어난 후에, 나는 야망이 큰 동료가 그 포옹을 대표가 내 능력을 공식적으로 인정했다는 표시로 착각하고 내가 크게 승진할까 봐 두려워 그에게 내가 이직하려고 여기저기 면접을 보고 다닌다고 했다는 사실을 알게 됐다. 새빨간 거짓말이었다. 나에 대한 신임을 흔들려는 시도였다. 나는 그의 근거 없는 천박한 모함에 별 반응을 보이지 않았다. 단지 그 사실을 알

게 된 후에 바로 넘버쓰리의 사무실을 찾아가 소문은 사실이 아니고, 나는 이직할 생각이 없다는 사실을 설명했다. 지금과 같은 상황에 새로운 경력을 쌓을 생각을 할 정신적인 여유가 있다고 생각하는 것은 어이없는 일이라고 했다. 넘버쓰리는 설명해줘서 고맙다고 한 후, 솔직히 자기도 그 소문을 믿지 않았다고 했다. 입버릇 나쁜 동료에게는 아무 말도 하지 않았다. 누군가와의 대립을 감당할 상황이 아니었기 때문이다. 일 때문에 다투는 것은 무의미하다. 지금 나는 생존이라는 전혀 다른 목표를 달성하기 위해 안간힘을 쓰고 있으니까.)

그 집에서 혼자 보낸 첫날 밤의 기억을 떠올려본다.

S가 사망한 후에 나는 며칠 동안 부모님 집에 머물렀다. 정확하지는 않지만 아마 일주일 정도였을 것이다. 장례식이 끝난 후에 직장에 복귀했고, 이틀 후에 나는 일부러 홀로 아파트로 돌아갔다.

그곳으로 돌아가서 보낸 첫날 밤이 어땠더라? 잠은 제대로 잤었나? 불안으로 가득 찬 가슴을 안고 두 눈을 크게 뜨고 어둠을 바라보며 밤을 지새웠었나? 울며 고함을 쳤었나? 아니면 포기하고 그냥 얌전히 있었나?

맹세컨대 그날 밤 일이 전혀 기억나지 않는다. 기억에서 지워버려서다.

심한 충격을 받은 뒤에 인간의 기억은 매우 특이한 방식으로 작동한다. 절대로 지울 수 없는 이미지만 몇 개 남고, 나머지는 모두 사라져버린다. 겉보기에 이에 대한 기준은 없다. 마치 인물만 색이 생생하고, 다른 부분은 무채색인 퍼즐과 같다.

그 시절 기억을 떠올리는 것은 땅속 깊이 묻힌 문명의 흔적을 파헤치는 것과 같다. 그 과정에서 많은 것이 유실된다.

망각과 뚜렷한 기억이 아무런 규칙도, 연결성도 없이 혼재되어 영원히 완성되지 않을 찢긴 테피스트리 같은 그날의 기억 중에서 두 가지는 똑똑히 기억한다.

첫 번째는 계단에서 "도와주세요"라고 외칠 때 한 가지 생각이 명확하게 내 머릿속을 스치고 지나갔다는 사실이다. 그때 나는 지금이 내 삶에서 가장 고통스러운 순간이라고 생각했다. 갑자기 정신이 맑아지면서, 무슨 일이 일어나도 이 일과 비교할 수 없을 거라는 생각이 들었다.

(의식이 과부하에 걸려서 작동하지 않는 순간에 정신이 그토록 예리한 인지력을 바탕으로 한 논리를 머릿속에 집어넣었다는 사실이 놀랍다.)

두 번째는 S의 시체를 바닥에 눕혀준 남자들이 나만 홀로 시체 옆에 남겨두고 나간 후에, S 곁에 무릎을 꿇고 앉아 그의 몸을 만졌던 기억이다. 나는 S의 얼굴을 어루만졌다. S는 차가웠다. 어쩌면 정말 차가웠던 것이 아니라, 느낌이었을 수 있다. 그의 몸을 만지는 순간, 나는 S가 죽었다는 사실을 깨달았다.

S는 없어, 라고 나는 생각했다. S는 이제 이 몸 안에 없다고.

영화와 TV 드라마, 폭격 소식이 나오는 뉴스를 보면, 언제나 사랑하는 사람의 시신에서 차마 떨어지지 못하는 가족들의 지친 모습이 나온다. 그들은 시체를 만져보고, 껴안고, 마지막으로 이마와 입술에 키스한다. 그런 식으로나마 가까이 있을 수 있는 순간을 최대한 오랫동안 끌어보려 한다.

나는 그런 감정은 느끼지 못했다. 그냥 자리에서 일어나, 다른 방으로 갔다. S 곁에 있는 건 무의미했으니까.

그것만은 확실히 기억한다.

나는 이제 그를 완전히 잃었고, 그 자리에 있는 것은 그의 시신일 뿐이라는 확신.

그의 몸은 이제 껍데기에 불과했다.

S는 이제 그곳에 없었다.
('네가 올 때쯤이면 나는 없을 테니까'라던 그의 말처럼.)

이야기의 전개가 파편화된 건 내게 남은 게 그뿐이기 때문이다.

조금 전에 언급한 땅속에 묻힌 문명이라는 은유의 연장선에서 생각하면, 그것들을 도자기의 파편이나 유물이라 부를 수 있을 것이다.

어쨌든 남은 것은 죄다 파편뿐이다.

글을 쓰면서 나는 세밀한 부분에 변화를 주고, 시간의 흐름을 정한다. 사물과 인물을 시간의 흐름 속에 재배치한다. 전에 자서전적인 작품들을 쓸 때도, 나는 그런 식으로 작업했다. 내가 관심을 두는 것은 진실일 뿐, 현실과 정확하게 일치하는 글을 쓰는 것이 아니다. 나는 항상 현실과 글을 별개의 개념으로 생각했다. 글을 쓴다는 것은 현실을 정리하고, 삶을 문학으로 바꾸는 일이다. 사건을 비논리적으로 전개하는 것이 아니라, 독자가 읽었을 때 의미 있도록 전개해야 한다.

이 책은 일기가 아니다.

실제로 일어난 사건은 내가 쓴 글과 정확하게 일치하지 않는다. 경우에 따라서 내 안에 있는 작가의 목소리에 귀를 기울여, 변화를 주기도 했다.

사건 순서를 뒤섞고, 날짜나 이름을 일부 바꾼 것도 순수한 신문 기자의 관점보다는 작가로서 보는 관점이 더 효율적이기 때문이다.

사람들이 이 책의 내용이 어디까지 사실이냐고 묻는다면, 나는 주저 없이 대답할 것이다. 모두 진실이라고.

"실제로 일어나는 사건은 사실이다.
그와 관련된 이야기는 글이다."

— 리디아 유크나비치, 《숨을 참던 나날》

프랑스 작곡가 에릭 사티는 자신의 비망록《포유류의 공책》의 도입부를 이렇게 시작한다.

'내 이름은 에릭 사티다. 다른 모든 사람처럼.'

내 이름은 마테오 비앙키다, 다른 수많은 사람처럼.

사티의 말은 초현실적인 문학적 과장법이지만, 내 말은 확인된 사실이다.

비앙키는 이탈리아에서 세 번째로 많은 성이다. 또, 인터넷에서 검색해보니 이탈리아에서 700명 중 한 명이 마테오다. 그러니 마테오 비앙키는 꽤 흔한 이름이다.

대학 시절 학교 교무처에 성적표를 발급받으러 갔다가 두 번이나 동명이인의 성적표를 받은 적이 있다.

필름을 사진관에서 현상하던 시절에는 내 사진 대신 다른 사람이 휴가 가서 찍은 사진을 받은 적도 있다.

신용카드 도용을 막기 위해 신용카드사에 전화를

걸었을 때는 상담사 이름이 나와 똑같았다.

심지어는 7년 동안 근무했던 광고회사를 그만둘 때, 내 후임으로 지원한 입사 지망 후보 중에도 마테오 비앙키라는 사람이 있었다. 그는 채용되지 않았는데, 아마도 회사에서 동료들과 클라이언트에게 혼란을 주지 않기 위해 그랬던 것 같다. 하지만 내 동명이인이 내 후임이 될 뻔했다는 사실은 나의 익명성을 증명하는 결정적인 증거처럼 느껴졌다.

한번은 순수한 호기심에 마테오 비앙키를 인터넷으로 검색해봤는데, 기자, 영상 제작자, 자전거 선수, 동화책 작가, 약사, 싱어송라이터, 극우 정당 출신 시장, 스포츠 전문의, 과학자, 축구 선수까지 별의별 사람이 다 있었다. 가짜 나로 이루어진 군단이었다.

익명성은 내가 이 책을 쓰기로 결심한 이유 중 하나이기도 하다. 이번만큼은 내 익명성에 상징적이고 구체적인 의미가 있었다.

이 이야기의 주인공이 정말로 나든, 아니든 그건 별로 중요하지 않다. 당신이 나와 같은 경험을 했다면, 나와 같은 감정을 느꼈을 테니까. 그렇다면 당신도 마테오 비앙키다. 물론 환경, 시대, 나이, 자살한 사람과의 관계, 성별이 다를 수 있다. 하지만 겪어본 사람은 안다. 그런 사소한 것들은 중요하지 않다는 것을.

사흘 동안 토리노에서 진행되는 국제 컨벤션에 강연자로 초청을 받았다. 워크숍에는 나를 포함해서 십여 명 정도 연사가 참석했다. 아는 사람은 없었지만, 새로운 환경과 처음 보는 사람들과의 만남이 즐겁다.

S가 죽은 지는 6개월이 지났다.

컨벤션이 열린 호텔 레스토랑 좌석은 지정석이었다. 나는 첫날 점심시간에 네덜란드 연사, 마이애미에서 온 아프리카계 미국 연사, 캐나다 연사, 벨기에 연사, 브라질 연사와 로마에서 온 다른 이탈리아 연사와 같은 테이블에서 식사하게 되었다.

쑥스러움도 잠시일 뿐, 우리는 만난 지 몇 달 지난 사람들처럼, 오랜 친구들처럼 자연스럽게 이야기를 나눈다. 같은 테이블에 앉은 우연이 순식간에 인간관계로 발전했다. 그렇게 행사 기간 우리는 컨벤션에 참석하

고, 점심과 저녁을 함께 먹고, 일과가 끝나면 바에 가서
맥주를 마셨다.

　타인들 속 타인으로 지내니 마음이 편했다. 매우
한정된 기간만 지속될 단합된 분위기에는 뭔가 마법적
인 것이 있었고, 우리 모두 그 사실을 느끼고 있었다.

　컨벤션 마지막 날 밤, 나는 끝내주는 꿈을 꾼다.
　대형 놀이동산에 놀러 가서 다양한 놀이기구를 호
기심 어린 표정으로 둘러보다, 수평으로 돌아가는 커
다란 바퀴에 2인용 좌석들이 달린 기구 앞에 도달했다.
나는 그 놀이기구를 타기로 결심하고, 혼자서 2인용 좌
석에 앉았다. 기구가 돌아가기 시작했다. 처음에는 천
천히 돌아가다 속도가 빨라지면서 너무 재미있어졌다.
놀이기구를 탄 지 너무 오래되어서, 얼마나 재미있었는
지 잊고 있었다. 기구가 현기증이 날 정도로 빨리 돌아
가기 시작했다. 너무 빨라서 다른 좌석에 앉은 사람들
의 얼굴이 보이지 않았다. 속도가 병적으로 빨라지면
서, 모든 것이 혼란스러웠지만, 나는 걱정은커녕, 눈물
을 흘릴 정도로 웃어댔다. 그러다 내 좌석이 놀이기구
에서 떨어져 나가 하늘 높은 곳으로 튕겨 나갔다. 그런
데도 나는 두렵지 않았다. 두렵기는커녕 황홀감을 느
꼈다. 나는 하늘 위로 날아가고 있었다. 바람이 머리카
락을 스치고, 발밑으로 땅이 멀어져갔다. 나는 예측할

수 없는 여행을 떠났고, 그 느낌은 황홀했다. 갑자기 정신이 들면서 본능적으로, 그 순간 내가 행복하다는 사실을 깨달았다. 지난 몇 달 동안 한 번도 느끼지 못한 감정이었다.

바로 그때, S의 목소리가 들렸다. S가 내 옆에서 귓속말로 속삭였다.

"이 행복은 내 선물이야. 생일 축하해."

나는 화들짝 놀라 잠에서 깼다.

4월 18일 아침이었다. 잊고 있었는데, 그날은 내 생일이었다.

이 행복은 내 선물이야.

그 꿈은 지금까지도 내가 꾼 최고의 꿈이다.

(계속 연락하자고, 뭐든 함께 해보자고 그토록 약속했지만, 토리노 워크숍에서 만난 사람들과 다시 만날 일은 없을 것이다. 그러기에는 다들 너무 멀리 살았고, 애초에 예기치 못한 만남이었기 때문이다.

몇 달 후에 딱 한 번 벨기에 친구와 어느 페스티벌에서 마주쳤다. 하지만 안부 인사를 하고, 포옹을 나누는 동안 그때 마법처럼 죽이 잘 맞았던 것은 당시의 특수한 상황 덕분이었으며, 바뀐 환경에서는 그와 똑같은 분위기를 찾거나 다시 만드는 것은 불가능하다는 사실을 깨달았다.

대신 몇 년 후에 그때 만났던 사람 중에서 가장 나이가 많았던 캐나다 친구가 요식업을 하려고 홍보 업계를 떠났으며, 소규모 출판사에서 자서전을 출간했다는 소식을 접했다. 나는 아마존 미국 사이트에서 그녀의 책을 찾아 주문했다. 놀랍게도 책에는 토리노에서 보낸 일주일에 관한 내용도 있었다. 그 경험이 그녀를 포함한 우리 모두에게 놀랍고도 의미 있는 일이었다는 증거였다. 분량은 겨우 한 장이 넘는 정도였지만, 따스함이 느껴졌다. 다른 사람들은 사실적으로 묘사했지만 나에 관해 이야기할 때는 '중년의 이탈리아 크리에이터'라고 표현했다. 당시 겨우 서른셋이었던 나를 쉰 살 먹은 중년 아저씨처럼 묘사해 의아했지만, 바로 이해했다. S가 죽은 후에 보낸 6개월은 내게 20년 같았다. 그 일을 겪으며 내 몸도 많이 변했다. 살이 빠지고, 흰머리가 생기고, 성격도 변했다. 그전에는 일을 벌이고 다니고, 사람들을 웃기는 것을 좋아했는데, 그 일이 있고 나서는 주로 남의 말을 경청하고, 대화에 참여하기보다는 미소 짓기를 좋아하고, 삶의 가장자리에서 인생을 관조하는 내성적인 성격으로 변했다. 나는 노인이었다. 중년은 관대한 표현이었다. 대서양 너머에서 온 타인은 변한 나를 보고 나를 그런 사람으로 기억했다.)

S는 여러 통의 편지를 남겼다. 아들을 위한 편지, 전처를 위한 편지, 누나를 위한 편지 그리고 나를 위한 편지였다.

내게는 마지막 편지뿐 아니라 삶의 마지막 몇 달 동안에 쓴 공책과 열 통 정도의 편지가 더 있었다. 공책과 편지는 나를 위한 이별서였다.

글쓰기에 능숙하지 않았던 S인데. 소설 같은 것은 읽어본 적이 없는 사람인. 평생 사색과는 거리가 먼, 몸을 쓰는 삶을 살아온 S가 몇 주에 걸쳐서 우리의 이별을 동반해줄 글을 쓴 것이다.

나는 S가 자살하고 며칠 후에, S의 공책을 딱 한 번 읽었다. 그런 다음 공책을 서랍 안에 넣어놓고 다시는 꺼내지 않았다. 하지만 내게 공책을 남긴 것은 지금까지 그가 내게 해준 가장 고마운 행동이었다. 그 공책은 내게 생존의 명분이었다. 그는 공책에 몇 번이나 자신의 극단적인 선택의 원인은 오직 자신에게 있다고 썼다. 우리의 이별이 아니라 자기 내면을 잠식한 불안감 때문이라고 했다.

그는 그렇게 나를 사면해주었다.

공책을 꺼내서 그의 기나긴 이별 메시지를 다시 읽고 싶지만, 내게 그럴 용기가 있는지 확실치 않다.

손에 화상을 입을 걸 알면서도 불에 손을 집어넣는 격이기 때문이다.

비극적인 사건이 일어나고 몇 년이 지난 후, 어느 여름 밤 휴양지에서 일어난 일이다.

나는 친구들과 함께 에올리에 제도에 바다가 보이는 집을 임대해서 휴가를 보내는 중이다.

저녁 식사를 하러 나가기 전에 테라스에 앉아 와인을 마시던 중에 사소한 논쟁이 예기치 않게 말싸움으로 발전한다. 친구 한 명이 갑자기 나에게 지금까지 전에 본 적 없는 공격성을 드러낸다.

나는 매우 놀랐다. 오랫동안 알고 지낸 친구인 데다, 그전에는 한 번도 나에게 불편한 감정을 표현한 적이 없었기 때문이다. 그런 그가 대체 왜 그러는 건지 알 수 없었다.

그는 지금까지 나누던 이야기와 아무런 상관이 없는데, 갑자기 사람들 앞에서 내 사적인 이야기를 늘어놓기 시작한다.

S의 자살 후, 비참하고 나약해진 상태에서 심연을 헤맬 때 내가 그에게 털어놓았던 이야기들이다. 그는 나를 향한 복수심에 눈이 멀어 모두가 듣는 데서 나의 가장 은밀한 아픔을 늘어놓았다.

그는 내게 정말로 상처를 주려면 어디에 총을 겨눠야 하는지 잘 알고 있었다. 내가 직접 그에게 말해주었으니까. 이 순간 그는 그곳을 향해 방아쇠를 당기며 즐거워하고 있다.

나는 화를 내며 길길이 날뛰는 타입이 아니라, 그때도 딱 두 가지만 말한다.

첫 번째: 넌 개새끼야.

두 번째: 널 절대로 용서하지 않을 거야.

유명 노래 가사처럼, 나는 약속은 지키는 사람이다.

그 후 몇 달 동안 그는 어떡하든 나와 관계를 회복하려 하겠지.

내게 전화하고, 다시 만나자고 하고, 변명을 늘어놓겠지.

내 대답은 한결같다.

"싫어."

나는 마법사처럼 그를 세상에서 사라지게 했다.

(말하지 않았는가. 이제 나는 천하무적이라고. 이제는 내게
그런 힘이 생겼다고.)

스무 살이 되었을 무렵에, 내 또래 남자와 몇 달 동안 사귄 적이 있었다. 그가 다른 남자와 바람피운 사실을 들키는 바람에 우리의 관계는 좋지 않게 끝났다. 그가 다른 사람을 만난다는 소문을 들은 날 저녁, 나는 그를 직접 만나러 그가 사는 원룸으로 찾아갔다. 그는 그런 일은 없었다는 척 연기조차 하지 않고, 모든 것을 포기한 평온한 표정으로 내 분노를 받아주었다. 나는 그날의 충돌이 우리 관계의 종말을 의미한다는 사실을 알고 있었다. 나는 상처받은 연인답게 고함을 치고, 눈물도 몇 방울 흘렸다.

분위기에 취한 나머지 신발과 양말을 벗고, 얼마간 맨발로 그의 방을 돌아다니다 다시 양말과 신발을 신었다. 그때가 한겨울이라 나의 행동은 어처구니없는 짓이었다. 몇 달 후, 한바탕 폭풍이 지나간 뒤, 우리 둘이 문명인처럼 소통하는 게 가능해지자, 그는 그때 내가 왜 그랬는지 물었다. 그가 묻지 않았다면, 나는 아마 그런 일이 있었던 사실조차 까맣게 잊었을 것이다. 순간 절망에 빠져 저질렀다가, 이내 기억에서 삭제해버린 그날 밤 행동이 머릿속에 떠올랐다. 나는 그때 내가 잠시 현실감을 상실했다는 사실을 깨달았다. 그건 심장이 산산조각 나고 이성이 이유를 찾으려 애쓰던 순간에 분출된 소소하고 무해한 광기였다. 일시적인 의식 불명 상태이자 할 수 있는 것이 아무것도 없는데 뭐든 해야 한다는 압박감 속에서 저지른 비이성적인 행동이었다.

누구나 쉽게 이성을 잃을 수 있다.

이성이 사라지면 혼란과 불안과 고통이 모든 것을 파괴하고 잠깐이나마 절대적인 우위를 차지한다.

그런 순간은 옆에서 목격하는 것만으로도 끔찍하다.

때로는 강렬한 고통이 나를 광기로 이끌 것만 같아 두렵다.

잠깐이지만, 실제로 그런 일이 일어났기 때문에 더 두려운 거다. 정신을 놓았다는 사실을 깨닫는 순간 나는 그대로 얼어붙는다. 이러다 내가 정신을 잃었다는 사실조차 깨닫지도 못하게 되면 어쩌지?

어느 날 밤 부모님 집에서 차를 타고 돌아오는 중에 일어난 일이다.

나는 도시를 빠져나와 들판으로 접어든다. 태어나고 자라난 익숙한 논밭 전경에 마음이 편안해진다.

갑자기 S와 연락하지 않은 지 며칠이 지났다는 사실을 깨닫는다. 어떻게 된 거지? 왜 이토록 오랫동안 연락하지 않았지? 집에 도착하자마자 연락해봐야지. 그가 잘 지내는지, 언제 만날 수 있을지 궁금하다.

차가 거의 다니지 않는 한적한 시골 뒷길을 따라 차를 몰고 가면서 이런 생각에 잠겨 있는데, 갑자기 새 떼가 저녁노을로 불타오르는 옥수수밭 위로 날아오른다. (집에 돌아가 그에게 연락해야겠다는) 결심에 기분이 좋아져서 묘한 평온함과 옅은 즐거움을 느낀다.

그러다 갑자기, 현실이 나를 덮쳐온다.

베일이 찢어지듯, 마비되었던 지각 능력이 갑자기 되살아난다.

S는 죽었다.

지난 2주 동안 그와 이야기하지 못하고 그를 보지 못한 건 그가 죽었기 때문이다.

어떻게 그 사실을 잊을 수 있지? 불과 몇 분이라고 하지만 그래도 어떻게 그 사실을 인지하지 못했단 말인가.

나는 충격을 이기지 못하고 차를 길가에 세운다.

숨을 쉴 수 없다.

지금껏 이런 일은 한 번도 없었다. 길을 가는 동안 머릿속에서 내가 지금 경험하고 있는 비극적인 현실이 잠시 다른 현실로 대체되었던 거다. S가 살아 있다는 것 말고는 현 세계와 똑같은 평행 우주로 말이다.

이게 바로 광기가 아닌가. 나는 받아들이기 쉬운 쪽을 진짜 현실이라고 생각했다. 머리가 진실을 포기하고, 그와 가장 비슷하고, 무해한 형태의 현실로 대체한 거다.

잠시나마 내게 정말로 그런 일이 일어난 것이다.

그제야 나는 방금 무슨 일이 있었는지 깨닫는다.

차들이 줄지어 무심하게 내 곁을 지나가는 동안, 나는 충격을 받은 나머지, 넋이 나간 채 호흡을 가다듬으며 그곳에 머무른다.

다들 집에 돌아가시오. 이 광기에서 도망가시오. 그대들은 아직 그럴 수 있으니.

스무 살 때 사귀던 남자가 내 마음을 산산조각 냈을 때, 나는 죽음에 도전장을 내밀었다. 절망한 나머지 진이 빠진 상태에서 그의 집에서 나와 차를 몰고 집으로 돌아가던 중에 나는 밝게 빛나는 빨간불 앞에 멈춰 서지 않고, 그대로 교차로를 지나려 했다.

솔직히 실제로 심각한 사고가 일어날 확률은 매우 낮았다. 야심한 시간인 데다, 교통량이 적은 외곽 도로였다. 나는 무사히 교차로를 건넜다.

내가 무엇을 바랐었는지는 잘 모르겠다. 사고나 충돌로 다쳐서 나를 아프게 한 이에게 상처를 주려고 했을 수도 있고, 두려움을 느껴보고 싶어서였을 수 있고, 등골이 오싹해지는 경험을 하고 싶었을 수도 있다. 아니면 이 모든 감정이 혼재된 상태였을 수도 있다.

며칠이 지나고 정신을 차린 나는 그 순간을 걱정과

자랑스러움이 뒤섞인 감정으로 되돌아보았다.

"멍청한 짓을 했어."

나는 '멍청한 짓'이라는 무해한 표현을 사용해 아찔했던 그 순간의 위험성을 평가절하하고, 젊은 시절의 철없는 행동으로 치부했다.

누구나 한 번쯤은 젊은 시절 자신은 절대로 죽지 않을 거라는 확신과 뭐든지 할 수 있다는 피 끓는 자신감을 순진하기 짝이 없는 무모한 행동으로 시험해본 적이 있을 것이다.

지금은 그 일을 생각하면 그 행동이 얼마나 큰 비극으로 이어질 수 있었는지, 내가 얼마나 무지했는지 실감하며 공포를 느낀다.

어쩌면 경험이란 두려움을 소급 적용하는 것일 수도 있다.

나는 S가 자살하기 몇 주 전부터 말도 안 되는 물건들을 사 모았다는 사실을 알게 되었다. 그중에는 값비싼 최신 휴대전화기와 다양한 전자제품도 있었다.

그는 소매점이 제공하는 할부 서비스를 이용해 그 물건들을 사들였다.

그가 세상과 연을 끊기로 완전히 마음을 굳힌 것을 보여주는 또 다른 증거였다. 그는 그런 물건들을 구입할 형편이 못 되었지만, 자기가 돈을 지불할 필요가 없다는 사실을 완벽하게 알고 있었다.

자본주의에 대한 조롱에 가까운 행동이었다.

개인 치료가 적성에 맞지 않는다는 결론에 도달한다. 그룹 치료를 받으면서 나의 아픔을 고통받고 있는 다른 사람들과 공유하는 것이 혼자 상담 치료를 받는 것보다 훨씬 치유에 도움이 될 것 같다.

나는 뭐든 해볼 생각이다.

여기저기 알아보다 그룹 치료를 진행하는 의사의 연락처를 알게 된다.

그에게 전화를 걸어, 만나고 싶다고 한다. 처음에는 내 근무 시간과 겹치는 시간대만 제시하다, 결국에는 점심시간에 나를 만나주겠다고 한다. 그의 상담실은 내가 다니는 회사에서 그리 멀지 않은 시내에 있었다. 약속한 날 나는 상담실까지 걸어간다. 걸어서 12분

거리다. 그는 이탈리아 사람이었지만 외모는 중동 사람을 연상시켰다. 조상들에게 물려받은 DNA의 흔적이리라. 잘생긴 사람이었다. 짧게 깎은 까만 곱슬머리와 도톰한 입술이 의학 드라마에 나오는 배우를 연상시켰다. 평온하고, 상대방에게 안정감을 주는 말투였다.

내 상황을 설명하는 동안, 그는 한 번도 내 눈에서 시선을 떼지 않는다. 이따금 무거운 표정으로 고개를 끄덕인다.

최근 몇 달간 내 상태가 어땠는지 털어놓은 뒤, 나는 바로 본론으로 들어간다.

"이미 개인 상담을 받아봤지만, 개인 치료는 저와 안 맞는 것 같습니다. 공감이 가지 않고 마음속 깊이 와닿지도 않습니다. 제 말이 무슨 뜻인지 아시겠어요?"

"물론이죠."

그가 전문가다운 미소를 짓는다.

"그러다 다른 사람들과 만나면 느낌이 다를 수도 있겠다는 생각이 들었습니다."

"맞습니다. 자신의 고통과 걱정을 털어놓는 사람들의 이야기를 직접 들으면, 공감 능력이 향상됩니다. 마음을 열고, 마음속 부담감을 다른 사람들과 나누고 싶어지죠."

"모임에 참석하는 분들은 주로 어떤 트라우마를 가지고 있나요?"

"매우 다양합니다. 고령이긴 하지만 부모님을 잃은 사람도 있고, 다른 도시에서 이사를 와서 밀라노와 같은 대도시의 삶에 적응하기 힘들어하는 사람들도 있죠. 매일 자신의 지위 때문에 스트레스를 받는 고위직 여성들도 있어요……. 다양한 사람으로 구성된 그룹이죠."

의사는 그룹 구성원을 읊으면서 만족스러워하는 듯하다. 하지만 나는 어이가 없었다. 나이 든 아버지를 잃은 다 큰 어른과 새로운 환경에 적응하기 힘들어하는 망명자라고? 그 정도를 트라우마로 부른다면, 내가 겪고 있는 것은 대체 뭐란 말인가? 그야말로 홀로코스트급 고통이 아닌가?

그의 마음을 상하지 않고 내 의견을 말할 방법을 고민해본다.

"물론 모두 심각한 문제를 가진 분들이겠죠. 그런데 혹시, 어떻게 말씀드려야 할지……. 혹시 저와 비슷한 상처를 가진 사람은 없나요?"

그는 잠시 생각하다 고개를 가로젓는다.

"아뇨, 선생님의 트라우마가 가장 큰 것 같습니다."

의사는 드디어 내 표정에서 드러나는 당혹감을 눈치챈다.

"그렇지만 비교를 해서는 안 됩니다. 누가 더 괴로운지 경주하는 게 아니니까요. 이런 경우에는 단체 경험을 하는 것이 더 중요하답니다. 그룹 치료에 참석하는 이유는 각자 다르고, 이유에는 경중이 없으니까요. 그 점을 이해해주시기 바랍니다."

물론 그의 말이 옳을 것이다. 나는 왜 이럴까? 나는 고통계의 속물일까? 나의 비극이 당신의 비극보다 더 끔찍하다고 자랑이라도 하고 싶은 건가?

"편견 없이 우선 모임에 한번 나와보시죠."

의사가 결론을 맺는다.

나도 그에게 동의한다.

그는 열흘 후, 점심시간에 상담실에서 모임이 있을 예정이라고 한다.

"오시는 걸로 생각하면 될까요?"

"네, 물론입니다."

모임 전날, 이른 오후에 회사에 있는데 나를 찾는 전화가 온다.

"리파몬티 박사입니다."

"아, 안녕하세요, 선생님."

"오늘 왜 안 오셨는지 알고 싶어서요."

나는 의아한 마음으로 그의 말을 듣는다.

"오늘이 아닌데요……."

나는 배낭에서 수첩을 찾으면서, 급히 답한다.

"만남은 오늘이었습니다."

그가 다시 말한다.

수첩 페이지를 넘기니, 약속 날짜를 써놓은 내 글씨가 보인다.

"수첩에 화요일 13시라고 쓰여 있는데요."

"화요일이 아니라 월요일이었습니다. 잘못 쓰셨나 보군요."

순간 침묵이 흐른다.

프로이트식 표현으로는 이른바 프로이트의 실수 Freudian slip, 무의식적으로 저지르는 실수다. 아내에게 술을 마신 걸 들킬까 봐 몰래 술을 마시고 나서는 위스키병을 싱크대 위에 올려놓거나 가기 싫은 여행 출발 전날 전철역에서 발목을 삐는 것처럼 말이다. 머리가 몸을 움직여 자신을 스스로 배신하는 경우다. 가장 내밀한 자아가 나서서 의식적으로 하지 못한 선택을 대신해주는 거다.

나는 7년 동안 함께 산 남자를 잃었다. 그 이야기를 스트레스 받은 여자 임원들에게 들려주라니.

미친 것들, 정신 좀 차려라.

11월 어느 저녁, 쿠네오에서 열린 문학 페스티벌에서 있었던 일이다.

나는 그곳에서 알게 된 기자와 함께 저녁을 먹는다. 그녀 역시 행사에 초대받은 손님이었고, 우리는 그날 오후에 처음 만난 사이다. 말이 잘 통해서 그녀가 먼저 근처 펍에서 술이나 한잔 더 하자고 했고, 나는 그녀의 제안을 받아들인다.

술기운에 대화가 술술 잘 풀리면서, 우리는 매우 사적인 이야기까지 털어놓는다. 불과 몇 시간 만에 생면부지의 타인에서 속마음을 터놓을 수 있는 친구 사이가 되었다. 이유는 설명할 수 없지만, 가끔 일어나는 일이다.

대화를 나누던 중 그녀가 웨이터가 가져다준 물병을 잡으려고 오른팔을 뻗는 순간 나는 보았다. 그녀의 손목 위에 수직으로 난 기다란 흉터를. 그녀도 내 시선을 느꼈지만, 표정에 변화가 없다. 여전히 평온하고, 맑은 눈으로 나를 물끄러미 바라본다.

순간 우리는 또 하나의 비밀을 고백한다. 이번에는 입 밖으로 말을 꺼낼 필요도 없다.

그날 밤 이후 나는 다시는 그녀를 만나지 못할 것이다.

그녀는 1년 후, 젊은 나이에 분쟁 지역에서 목숨을 잃을 테니까.

그녀는 그 누구보다 기꺼이 위험을 무릅썼을 것이다.

나는 자살과 관련이 전혀 없었다. 그러니까, 내 말은 내 주변에는 자기 파멸적인 행위로 친구, 아내, 형제를 잃은 사람이 없었다는 거다. 자살은 소설이나 신문에 나오는 이야기였다. 자살은 콩가루 집안에서나 일어나는 충격적인 사건이라고 생각했다. 나와는 상관없는 일이라고 생각했다.

S가 죽은 후에 경험하고 있는 혼란과 소외감의 원인 중에는 아마도 자살이라는 행위가 가지는 예외성도 있을 것이다. 내가 이토록 비극적인 관점에서 놀라운 일에 참여하게 되다니.

아파트 사람들도, 회사 사람들도, 친구들과 지인들도 모두 내 이야기를 했다. 나는 희귀한 행사의 불행한 주인공이었다.

게다가 내게는 비교 대상도, 본받을 만한 모델도 없

었다.

나는 나쁜 의미에서 특별하고 독특한 방식으로 고통받고 있었다.

나는 언제나 책에서 구원을 찾았다.

(어떻게 책을 읽지 않고 구원을 찾을 수 있단 말인가?)

하지만 이번만큼은 그러기 힘들었다. 과학서는 물론, 자살을 다룬 책이 별로 없었기 때문이다. 결국, 나는 다른 방법을 찾아야 했다.

나는 내용으로 보나 내 지적 수준을 기준으로 볼 때 민망하다고 생각할 수 있는 책에서 위안 비슷한 것을 얻었다. 다른 때 같으면 비웃고, 폄하했을 법한 책, 바로 심령술책이다.

나는 호기심에 심령술책을 읽었다. 온몸이 마비된 사람이 언젠가는 갈 수 있으리라 상상하며 이국적인 섬의 풍경이 담긴 잡지를 사는 것과 같은 마음이었다. (여행 잡지를 사는 사람들 대부분은 여행을 가지 않는다는 이야기를 들은 적이 있다. 그들에게 여행 잡지 페이지를 넘기는 것은 평생토록 가보지 못할 행로를 숭고하게 만드는 행위다.)

나는 유치하고 자극적인 책을 통해 영매들이 들려주는 이야기를 믿지 않았지만, 다른 한편으로는 그들이 옳기를 기원했다.

그런 책들의 내용은 결국 망자는 잘 지내고 있으며, 평화로운 곳에 도달했고, 이승에 남은 가족에게 자신이 잘 있다는 사실을 알리기 위해 인간과 소통하고 싶어 하며, 저승에서 (그것이 어떤 형태이든) 가족들을 항상 지켜보고, 사랑하고, 보호한다는 내용의 다양한 변주에 지나지 않았다.

그중 어떤 책은 사후의 사랑을 다루고 있었다. 세기를 초월한 사랑 이야기 말이다. 그들은 전생 회귀 최면으로 과거의 사랑을 기억해냈다. 다른 때 같으면 세월이 흐른 후에도 같은 관계가 반복될 운명이라는 가정이 숨 막히게 느껴졌을 것이다. 무의식적인 집착의 형태라고 생각했을 것이다(물론 다른 때였으면 그런 책은 아예 읽지도 않았겠지만). 하지만 지금은 그런 책이 내게 위안이 된다. 나와 S는 서로를 사랑했고, 언젠가는 또다시 사랑하게 될 것이다. 지금은 잠시 사고가 나서 영원히 계속될 운명인 우리의 관계에 일시적인 틈이 생겼을 뿐이다. 이런 식으로 내 문제를 소녀들이 즐겨 읽는 로맨틱 판타지 영역으로 가져가면 마음이 편했다. 육체노동자와 결혼한 뚱뚱한 중년 유부녀들이 부유하고 몸매 좋은 재벌 2세와의 만남을 꿈꾸며 할리퀸 소설을 읽는다면, 나라고 내게 위안을 주는 초월적인 상상에 의지해 수개월 동안 나를 옥죄어온 고통에서 잠시 벗어나지 않을 이유가 없지 않은가.

　게다가 통계적인 명분도 있다. 서점에 심령술과 관련된 서적이 그토록 많고, 그토록 많은 이가 심령술을 믿고, 모든 심령술사가 같은 말을 한다면, 어느 정도는 사실이 아닐까?

　나는 그런 이야기를 들려주는 책을 읽는다. 그걸로 충분하다.

미국인 기자 에이미 비앙콜리는 남편의 자살에 살아남은 생존자다. 그녀에게는 어린 세 자녀가 있다. 유튜브에 올라온 테드 토크 영상에서, 에이미는 생존자들에게 유용한 팁들을 제공한다.

동영상 제목은 '당신은 아직 살아 있다—자살 후에 생존하기'다. 강연 중간쯤 에이미는 생존자들을 위한 행동 지침을 적은 목록을 만들었다고 설명한다. 그녀는 그 목록을 매일 자주 볼 수 있도록, 집 냉장고에 붙여놓았다고 한다.

목록에는 일반인에게는 자연스럽지만, 주변 사람의 자살로 강렬한 충격을 받은 사람들은 전처럼 자연스럽게 할 수 없게 된 일련의 행동이 담겨 있다. 예를 들면 이런 식이다. 살아라. 현실에 집중하라. 기도하라. 웃어라. 사랑하라.

에이미는 매일 자기 자신에게 살아야 할 의무가 있음을 상기한다(예를 들면 아이들을 위해서라는 식으로 말이다). 가능하면 많이 웃고, 사랑하기를 멈추지 않아야 한다는 사실을 상기한다(물론 누군가를 다시 사랑하는 행위가 끔찍하게 느껴질 수도 있다. 사랑하는 사람을 잃는 것이 얼마나 비통한지 알기에, 그와 같은 위험에 또다시 노출되고 싶지 않을 테니까).

또 이런 문장도 있다. 새로운 것을 배워라. 그녀는 재즈 바이올린을 배우기 시작했다.

자살을 겪어보지 않은 사람들이 보기에 생활하는 데 기본적인 행동을 상기하는 것은 논리적인 행동으로 비칠 수 있다. 하지만 새로운 것을 배우라는 말은 그보다 납득하기 힘들 것이다. 무언가를 배우기 위해 공부하고, 수업을 들을 때가 아닌 것 같으니까. 그럴 만한 의지와 힘과 집중력이 어디에 있단 말인가.

하지만 그녀의 제안은 보기보다 훨씬 광범위하고 심도 있는 관점을 가장 단순하게 표현한 것이다. 미래를 향해 나아가야 한다는 관점 말이다.

새로운 것을 배우는 것은 전진을 의미한다. 성장과 진화를 의미한다.

떠나간 이와 공유하지 않은, 공통의 추억에 추가되지 않을 새로운 영역에 도전하는 것은 인생의 새로운 단계로 나아가기 위해 밟아야 할 첫 번째 단계다. 그 새로운 단계에서 얻은 새로운 지식은 당신들의 것이 아니라 오롯이 당신의 것이 될 것이다.

그 목록은 현재를 살아가기 위해서뿐 아니라 또다시 미래를 생각하기 위해 꼭 필요하다.

(처음에 나는 '에이미가 재즈 바이올린을 배우기로 한 건 끔찍한 선택이야'라고 생각했다. 그러다 바로 '정말 현명해. 이해할 수 있어'라고 생각을 바꾸었다.)

내 목록은 아래와 같다.

　　다시 음악을 듣자.
　　헬스장에 등록하자.
　　(어떤 글이든) 글을 쓰자.
　　친구들에게 슬픔을 전염시키지 말자.
　　그와 가보지 않은 곳으로 여행을 떠나자.
　　머물고 싶을 때까지 이 집에 머무르자.

　　(다들 이해했겠지만, '헬스장에 등록하자'가 말하자면 나에
겐 '재즈 바이올린 배우기'다.)

S가 죽은 지 한 달이 채 되지 않은 어느 날 밤. 새벽 4시 정도 되었을까? 갑자기 인터폰이 울린다. 나는 깜짝 놀라 잠에서 깬다. 꿈인가? 집 안에는 적막이 흐른다. 멀리 거리에서 늦은 시간에 다니는 자동차 소음이 드물게 들려온다.

잠시 후에 울린 전화벨이 나의 의구심을 해소해준다.

나는 침대에서 일어나 전화를 받는다.

"여보세요?"

"S, 당신이야?"

앳된 청년의 목소리가 묻는다.

"당신 누구야?"

내가 물었지만, 아무런 대답도 들려오지 않는다. 참다 새어 나온 듯한 한숨 소리와 걸음 소리가 들린다.

대롱대롱 매달린 수화기를 뒤로하고 침실로 달려

가 거리를 향해 난 창문 밖을 바라봤지만, 청바지에 스웨터를 입은 형상이 길모퉁이를 돌아 내 시야에서 완전히 사라지는 모습만을 겨우 목격했을 뿐이다.

누구였을까?

S와 내가 둘 다 아는 친구나 지인은 아니었다. 다들 무슨 일이 있었는지 알고 있고, 무엇보다 새벽 4시에 그런 돌발 행동을 할 리 없었으니까. 게다가 아는 사람이 내 목소리를 듣고 도망갈 리도 없다.

아마도 S가 최근 만난 사람일 것이다. 그의 연인이었을 것이다. 수 주 동안 그의 소식을 듣지 못하고, 누구에게 소식을 물어야 할지 몰라 S의 휴대전화로 전화를 걸어봤지만 사용이 정지된 번호라는 사실을 알고, 절망한 나머지 잠이 든 S를 찾길 바라며 우리 집까지 찾아왔을 것이다.

나는 그의 발걸음 소리가 다시 들릴지도 모른다는 비이성적인 가설을 바탕으로 잠시 창가에 머무른다. 하지만 오는 사람도, 가는 사람도 없이 인도는 텅 비었다.

그가 S의 연인일 수 있다는 생각은 별로 불편하지 않다. 마음이 혼란스럽지도 않다. 그게 무슨 상관이란 말인가. 아무 상관 없다.

나는 그가 돌아와주기를 바랐다. 그에게 모든 것을 설명해주고 싶다.

그를 껴안고, 그의 어깨에 얼굴을 파묻고 울고 싶다.

우리는 S를 잃었다고, 눈물을 흘리며 말하고 싶다.
S를 영원히 잃었다고 말하며 그를 꼭 껴안고 싶다. S의
몸과 S의 체취를 나눈 그 청년을, 나의 형제를.

티치아나에게는 파트리치아라는 친구가 있었다. 티치아나는 내게 가끔 그 친구 이야기를 하곤 했다. 산에 휴가를 가서 만난 친구인데 초현실적인 능력이 있다고 했다. 남들이 느끼지 못하는 것을 느끼고, 미래를 예측한다는 거다.

나는 티치아나의 말에 회의적이었지만, 그녀는 파트리치아가 정말로 영험하다고 했다.

"나에 대해서 아무도 모르는 걸 맞췄다니까! 정말이야."

파트리치아라는 친구가 진짜라는 사실을 증명하기 위해, 티치아나는 그녀가 점성술사가 아니라 평범한 미용사라고 했다. 유일하게 자기 능력을 발휘할 때는 가끔 카지노에 돈을 벌러 갈 때뿐이었다(어떤 숫자가 나올지 느낌으로 안다는 거다).

나는 미용사 친구와 그녀의 능력을 재미있는 이야기 정도로 분류하고, 깊이 알아볼 생각은 하지 않았다.

딱 한 번 그녀를 만난 적이 있는데, 그녀가 밀라노에 왔을 때, 티치아나와 점심을 먹기 위해 회사에 들렀을 때다. 우리는 사무실에서 인사를 나누고, 악수를 했다. 그마저도 이름만 교환했을 뿐, 티치아나는 바로 재킷을 챙겨 들고 파트리치아와 함께 점심을 먹으러 갔다.

점심 식사 후에 티치아나는 파트리치아가 내가 긍정적인 기운을 발산하는, 이로운 존재라고 했다는 말을 내게 들려주었다.

나는 그런 티치아나를 놀렸다.

"말도 안 돼. 만약 그 사람이 내가 해로운 존재라고 하면, 어떻게 하려고 했어? 부서를 바꾸려고 했어? 아니면 이직하려고 했어?"

우리는 함께 웃었고, 그 일은 그렇게 끝났다.

그 후 나는 다시는 파트리치아를 보지 못했다.

S가 죽은 다음 날 아침, 나는 티치아나에게 전화했다. 내가 며칠 결근한다는 사실을 회사에 전해달라고 부탁하기 위해서였다. 나는 그녀가 나 대신 상황을 설명하고, 이야기해주기를 바랐다.

티치아나와의 통화는 아마도 S가 죽은 후에 내가 억지로나마 한 유일한 전화 통화였을 거다. 나머지 사람들에게 알리는 일은, 티치아나에게 위임했다.

　나는 최대한 간략하게 상황을 설명했다. 한마디만 더 해도 폭발할 것만 같았다.

　티치아나는 아무 말 없이 내 말에 귀 기울이다, 놀라운 말을 했다.

　"어젯밤 파트리치아에게서 전화가 왔어. 네게 끔찍한 일이 일어났다는 걸 느꼈대."

　"파트리치아 말이 맞았네."

　나는 이렇게 대답한 후 수화기를 내려놓았다.

　그때는 그 말을 깊이 생각할 여유가 없었다.

　시간이 흐른 후에, 종종 그 놀라운 우연의 일치가 떠오르곤 했다.

　이 책에는 꽤 많은 심령술사가 등장한다는 것을 나도 안다. 나처럼 초현실적인 현상을 포함해서 그 어느 것도 믿지 않는 사람에게는 어울리지 않는 일이다. 하지만 그중에서 가장 설명하기 힘들고, 가장 의미가 깊었던 것은 파트리치아의 이야기였다. S가 자살한 지 얼마 되지 않아 방황하던 시절, 미지의 힘에 마음을 열 가능성이 더 컸던 그 시절에 대체 왜 내가 그녀를 다시 찾지 않았는지 모르겠다. 나는 그 이유를 알지 못했다. 당시에는 이런저런 결정을 할 만큼 머리가 맑지 않았으니까. 그저 상황이 진행되는 대로 내버려두었을 뿐이다.

그로부터 20년이나 지난 지금은 그녀를 다시 찾아봤자 아무런 소용이 없을 것이다.

그렇지만 이 일화로 나비 이야기가 떠올랐다. 즉, 우주적인 차원에서 무언가가 일어났다. S가 날개를 멈추자, 알프스에 사는 여자가 한밤중에 나의 내면에서 일어난 지진을 감지한 것이다.

물론 믿어도 그만, 안 믿어도 그만이지만.

내 첫 소설은 1990년대 말에 출간됐다. 나의 사춘기 시절과 갓 성인이 되었을 때 겪은 일들을 담은 이야기였다. 책의 결말에서 나는 우연히 만나 사랑에 빠진 남자와 동거를 시작한다.

그 남자가 바로 S였다.

탈고 후, 나는 원고를 여러 출판사에 보냈다. S와 만난 지 6년이 지나 관계가 위기를 맞이했을 때였다.

나는 S와 헤어진 해 여름, 최종본을 완성했다.

S는 1998년 11월에 자살했다.

내 책은 1999년 5월에 출간됐다.

책 출간과 동시에 나는 S를 잃은 애통함이 아직도 생생한 상태에서 그에 관한 소설을 알리기 위해 전국으로 홍보 여행을 다녀야 했다. 소설 속 S는 생기 넘치고,

눈이 부시고, 사랑에 빠져 행복했다. 그 책은 S를 황홀하게 묘사한 초상화였다. 나는 여기저기를 돌아다니며 그런 그를 소개했다.

글쓰기는 내 평생의 열정이었다. 어릴 때 친구들이 무릎을 다 까이면서 집 앞 광장에서 공놀이하는 동안, 나는 홀로 집에 남아 공책에 글을 썼다.

열 살이 되었을 무렵 이미 공책에서 찢어낸 종이를 반으로 접고 표지에 제목을 쓰고 그림을 그려 나만의 작은 책을 만들곤 했다. 그 시절의 나는 인쇄도 유통도 몰랐기 때문에, 그렇게 만든 책들은 세상에 하나뿐인 유일한 판본이었다. 하지만 상관없었다. 순수하게 나를 위한 글이었기 때문이다. 가짜 책 위에 쓰인 내 이름을 보는 것이 즐거웠다. 나는 해적, 잠수함, 용, 공주님, 모험가들의 이야기를 썼다. 독창성과는 거리가 먼, 학교에서 선생님이 읽어준 이야기를 어설프게 베꼈다. 심지어 글은 대부분 미완이었다. 제목과 표지 그림을 그리는 데 기력을 쏟은 후에는 몇 장 끄적이다 저녁 먹을 시간이 되어 글쓰기를 멈추어야 했기 때문이다. 책의 내용보다는 책 만드는 일 자체가 재미있어서 다음날이면 나는 이미 다른 책을 만들 생각을 하고 있었다. 책에 담을 내용을 생각하기 전부터 실전 연습을 시작한 거였다.

글쓰기를 좋아하는 마음은 오랜 기간 드러나지 않고, 나만의 습관으로 머물렀다. 대학에 입학한 후에야 내가 글쓰기를 진지하게 생각한다는 사실을 스스로 인정하고, 처음으로 다른 사람들에게 보여주기 위한 글을 쓰기 시작했다. 나는 단편소설이라 부를 수 있는 글 몇 편과 소설을 한 권 완성했지만, 아무에게도 보여주지 않고 폐기 처분했다.

그 글들은 습작에 지나지 않는다는 사실을, 보다 장기적인 출판 계획에 앞서 나의 역량을 측정하기 위한 연습에 지나지 않는다는 사실을 깨달았기 때문이다.

나는 실력 파악을 위해 근육을 풀고 있었다.

급할 게 없다는, 마음에 여유를 가졌다.

성급하고 충동적인 성격을 타고난 나인데, 글쓰기에서만큼은 다른 때와 달리 인내심을 보였다.

대신 머릿속으로 계속 생각하기는 했다. 내 책을 어떻게 출간할지 계속 고민했다. 제대로 된 출판사를 찾아서, 서점을 돌아다니며 독자와 만나는 상상을 했다.

그리고 그 순간은 최악의 시기에 찾아왔다.

첫 번째 책 발표회는 영화제 기간에 영화관에서 이루
어졌다. 관객으로 꽉 찬 영화관에 들어서는 순간 느꼈
던 흥분과 불안이 아직도 생생하다. 그 자리에 있는 것
이 기쁘기도 했지만, 괴롭기도 했다. 나의 능력을 시험
하는 자리 같았다. 나는 시선을 영화관 맨 뒤편에 멀리
보이는 얼굴들, 그러니까 불특정한 다수에게 고정했다.
그 자리에 선 것이 행복했지만, 다른 한 편으로는 그런
내 감정에 죄책감을 느꼈다. 나는 제정신이 아닌 상태
로 미소를 지으며 나를 소개해준 작가의 질문에 답했
다. 나 자신이 아닌 것만 같았다. 심장이 미친 듯이 뛰면
서 펌프질하듯 혈관에 피를 주입하는 데다, 조명과 관
중, 왁자지껄한 소리에 박수까지 그 모든 것이 나를 덮
치는 것만 같았다. 나는 그 모든 충격을 이겨내야 했다.
내겐 너무 과하다고, 내면의 소리가 속삭였다. 이 모든

것이 너무 과하다고.

책 발표회는 영화제 상영 영화가 끝나고 다음 영화가 상영되기 전 중간 시간을 이용해 15분 동안 진행되었는데, 그 15분이 내가 견딜 수 있는 임계점이었다.

영화관 맨 앞줄에 나를 응원하기 위해 온 친구들이 앉아 있었다. 친구 한 명이 행사가 끝난 후에 이렇게 말했다.

"우리 쪽은 한 번도 안 쳐다보더라. 단 한 번도."

나는 그 자리에 있었던 것이 내가 아니었기 때문이라고 대답하고 싶었다. 나 대신 미소를 짓고, 인사를 하고, 박수를 받은 그 마네킹이 누군지 모르겠다고.

필요하면 놀랄 정도로 기계적으로 행동할 수 있다.

아니, 어쩌면 인격이 분할되는 것일 수도 있다.

외적인 얼굴과 내적인 얼굴을 나누는 법을 배우게 된다.

분열을 자기 것으로 만드는 거다. 필요하면 그렇게 해야 한다는 것을 인정해야 한다.

고통은 연기 수업이다.

　모두를 상대로 연기하는 법을 배우는 거다. 외출하고, 대화를 나누고, 미소를 짓고, 사람들과 어울리면서 그들을 안심시키고, 나는 해낼 수 있다고, 잘 견뎌내고 있다고 주변 사람들을 설득하는 거다.

　내면은 새까맣게 타버리고, 파헤쳐진 지옥이지만, 겉으로는 정상인처럼 행동해야 한다.

　처음에는 쉽지 않다. 아무도 속아 넘어가지 않는다. 다들 무슨 일이 있었는지 알기에, 당연히 괴로워하고 있을 거라고 생각한다.

　세월이 흐르면서 연기가 그럴듯해진다. 거짓말하는 실력이 는다. 거의 모든 사람이 속아 넘어간다. 아니, 속고 싶어 한다.

그러다 즉흥 연기도 구사할 수 있게 된다. 사람들 앞에 서서 스위치만 누르면 된다.

괜찮은 정도가 아니라, 훌륭한 배우가 된다.

나스트로 다르젠토[†] 남우 주연상급 연기지만, 그 사실을 아는 것은 자신뿐이다.

[†] 이탈리아에서 가장 유서 깊은 영화제 중 하나

갑작스러운 상실은 예상치 못했기에 더욱 충격적이다. 병으로 죽거나, 노환이면 서서히 피할 수 없는 일을 맞이하는 마음의 준비를 할 수 있지만 (사고, 총격, 심정지와 같은) 비극적인 죽음은 지진처럼 격렬하게 일상을 뒤흔들며, 우리를 황폐하게 만든다.

그런 일이 일어나면 준비되지 못한 상태로 소중한 사람의 부재를 대면하게 된다. 돌이킬 수 없는 불의의 사건이 일어났다는 사실이 불가능하게만 느껴진다. 도저히 이성적으로 받아들일 수 없을 것만 같다.

게다가 그런 끔찍한 일이 고인의 의지로 일어난 경우에는, 상황이 훨씬 복잡해진다. 분노와 사랑, 원망과 후회, 죄책감과 속았다는 배신감 같은 온갖 감정이 얽히고설켜 헤어나지 못하게 된다.

그런 상황에 부닥친 이는 답을 찾고자 한다. 질서를

원한다. 모든 것이 최악으로 뒤섞인 상황을 받아들이지 못하고, 옳고 그름을 명확하게 구분하려 한다.

　가까운 이의 자살로 겪는 아픔이 더 고통스러운 이유는 모순 때문이다. 생존자의 고통은 결코 단순한 상실처럼 순수할 수 없다. 더럽고, 혼탁한 고통이다. 미로와도 같은 고통이다.
　모순으로 가득한 그 우물에 이미 빠진 나는 거기에 관중이라는 멋진 요소를 더했다.

　그 책을 소개하는 것은 내게 치유의 과정이기도 했다. S에 대해 계속 이야기해서 내가 실제로 어떤 상태인지 숨기는 뒤틀린 방식의 애도였다.
　처음 사람들 앞에 섰을 때는 너무 힘들었다. 항상 S에 관한 질문이 나왔기 때문이다. 아직도 함께 사나요? 그분은 이 책에 대해 어떻게 생각하시죠? 오늘 행사에 참여했나요? 심지어는 "제게 그분을 좀 소개해주시죠?"라고 농담을 하는 사람도 있었다. 청중은 그 말에 웃음을 터뜨렸고, 나 역시 따라 웃으며 "아뇨, 그는 여기에 없습니다"라고 했다. 그의 영원한 부재를 의미하는 '이제'라는 부사를 빼고 말이다.

　나는 끊임없이 그를 불러내 그의 부재에 익숙해졌다.

나도 내 나름대로 진실을 말하기는 했다. 나는 그 사실을 책 맨 앞 장에 고백했다.

실제로 소설 맨 앞에 나오는 헌사는 다음과 같다.

"S, 네가 지금 어디에 있든, 이 책은 너에게 바치는 작품이야."

내게는 너무나 명확하고, 직접적인 메시지였다. 네가 지금 어디에 있든이라는 표현은 그가 이제 이곳에, 우리와 함께 있지 않다는 사실을 확실하게 나타냈다.

지나치게 많은 것을 표현했다고 생각했다. 이 책을 읽는 모든 사람이 그 문장의 의미를 직감하리라 생각했다.

하지만 아무도 그 말의 의미를 이해하지 못했다.

책을 홍보하러 다니면서 나는 많은 것을 배웠다. 그중에서 가장 중요한 것은 자기 자신에 관한 글을 쓸 때는 어디까지 이야기하고, 어디까지 이야기하지 않아야 하는지와 어떤 인물을 이야기에 포함하고, 어떤 인물을 제외할지 경계를 그어야 한다는 점이다. 이러한 경계선을 긋기 위해 작가로서 고민하기 때문에, 모든 경계선에는 나름의 정확한 이유가 있다. 하지만 독자에게는 경계선이 중요하지 않다. 독자들은 더 많이 알고 싶어 한다. 모든 것을 알고 싶어 한다. 독자들에게 글은 맛보기일 뿐이다. 그들은 나머지도 다 원한다.

그들은 나의 부모님, 여동생, 내 고향에 관해 물었다. 내가 일부러 생략한 상세한 정보를 묻고 은밀한 내용과 과거와 현재 그리고 미래의 조각을 원했다.

나는 그들의 호기심과 질문에 한계를 지어주어야

한다는 사실을 깨달았다. 나 자신을 방어해야 한다는 사실을 깨달았다.

그것은 예술적인 문제인 동시에, 개인적인 문제이기도 했다.

책에 나오는 모든 인물에 해당하는 문제였지만, 특히 S와 관련된 부분은 한계를 짓는 것이 절실했다.

나는 몇 가지 사실을 진실대로 말하는 법을 배웠다. 예컨대, S가 책을 읽었고, 매우 좋아했다는 사실 말이다(S는 타자기로 친 원고 초안을 읽었다). 내 사생활은 밝히고 싶지 않고, 소설 내용만 이야기하고 싶다고 말하는 법도 배웠다. 소설은 비교적 멀지 않은 나의 과거와 관련된 이야기이며, 내 현재는 소설과 관련이 없다고 했다.

그 책은 세상을 받아들이는 기쁨을 담고 있었다. 나는 나와 내 책의 내용을 보호해야 했다. 수년 후에 일어난 일에 대해서, 가슴이 아픈 불의의 사고에 관해 이야기하는 것은 책의 의미를 왜곡하는 것이었다.

나와 S는 음악 취향이 전혀 달랐다. 너무 달라서 어차피 소용없을 것을 알고, 타협점을 찾으려고 시도조차 하지 않았다. 서로의 기호를 바꾸려 하지도 않았다. (전혀 다른 사람과 살기로 마음먹었는데, 그 사람을 나와 똑같이 바꿀 필요가 어디에 있단 말인가?)

S는 이탈리아 싱어송라이터들의 음악과 최신 유행하는 댄스 뮤직과 이따금 1960년대 이탈리아 가수들의 노래를 즐겨 들었다. (모든 사람의 음악 취향이 그렇듯) 연관성이 하나도 없는 장르의 음악이었다.

그에 비해 나는 영국 뉴 웨이브와 이탈리아 인디 밴드, 비요크의 음악을 좋아했다. (모든 사람의 음악 취향이 그렇듯) 연관성이 하나도 없는 장르의 음악이었다.

우리는 각자 방해받지 않고 음악을 들을 수 있는 공간을 만들었다. 나는 주로 사무실에서 음악을 들었

고(나와 티치아나는 종종 라디오 볼륨을 낮추고 사무실 문을
닫은 채 일하곤 했다), S는 자기 차나 트럭을 몰 때 음악을
들었다.

집에서는 서로 번갈아 가며 음악을 틀었다. S가 먼
저 CD를 틀면, 그다음에 내가 음악을 고르는 식이었다.

균형을 잡는 실용적인 방식이었다.

마지막 몇 달 동안 S는 같은 음반을 반복해서 들었
다. 10년에서 12년 전에 발매된 오래된 앨범으로, 불행
한 이탈리아 싱어송라이터의 데뷔 앨범이었다. 한 곡만
성공하고, 사라지는 전형적인 가수 말이다. 하지만 S는
성공한 노래가 아니라 다른 노래에 꽂혔다. 아버지에게
바치는 찬가, 세상을 떠난 아버지에게 아들이 바치는
애가로 별로 알려지지 않은 곡이었다.

내겐 그 곡이 별로 감동적이지 않았다. 가사도 빈
약했다. 하지만 S에게는 분명 특별한 의미가 있었던 것
같다.

누군가 S처럼 아무런 예고 없이 갑자기 사라지면,
그런 일이 일어날 거라는 징조가 있었을 것만 같아 과
거를 되돌아볼 수밖에 없다. 그 노래에 대한 S의 집착
은 내가 잡아내지 못한 수많은 단서 중 하나였다.

차마 다시 읽지 못한, S가 내게 남긴 열 통의 편지 중에 기억 속에 각인된 내용이 있다.

　　집을 나가서, 어머니 집으로 들어가겠다고 한 말은 거짓이었어. 나는 아버지 집으로 가려는 거야.

　S는 친부를 만난 적이 한 번도 없었다. 그가 태어나기 두 달 전에 세상을 떠났기 때문이다.
　그는 자살을 준비하면서, 상징적으로 아버지와 만날 준비를 함께 하고 있었던 거다.

S는 운전을 좋아했다. 나는 그와 함께 다니면서, 누군가가 나를 차로 데려다주는 것이 얼마나 좋은지 처음 알았다. S의 차를 탈 때면 나는 아무것도 준비할 필요가 없었다. S가 이미 어디로 갈지 알고 있었으니까. 그는 길도 알고, 도착하는 데 걸리는 시간도 알고 있었다. 나는 그저 조수석에 앉아 그가 나를 인도하도록 내버려두면 그만이었다.

내게 운전은 해야 해서 하는 일일 뿐이었다. 나는 운전을 즐기지 않았다. 여행을 떠날 때는 주로 대중교통을 이용하거나 기차를 탔다. 누군가에겐 운전이 즐거울 수도 있다는 사실이 내겐 놀라운 발견이었다(나와는 닮지 않은 타인의 모습을 발견하면서 계속해서 경이로움과 매력을 느꼈다).

연애 초기 S는 언제나 자기 차로 나를 데리러 왔다.

우리는 함께 차를 타고 늦은 밤까지 이곳저곳을 배회했다. 때로는 매우 늦은, 야심한 시각에 나를 집에 바래다주기도 했다. 우리 집에서 자기 집은 차로 최소 30분은 걸리는 거리였지만, S는 전혀 힘들어하지 않았다.

우리는 깊은 대화를 거의 차 안에서 나누었다. 드라이브를 할 때가 서로에 대한 탐색이 허락되는 공식적인 시간이기라도 한 듯 나는 그에 관해, 그는 나에 관해 물었다. 우리는 그렇게 도로에서 서로를 알아갔다.

드라이브하면서 그의 지독한 단점들도 알게 됐다. 음료를 다 마신 빈 깡통을 차창 밖으로 던지는 끔찍한 만행 같은 것 말이다. 나는 즉시 그 나쁜 습관을 고쳐놓았다.

우리는 자주 근교로 드라이브를 떠나곤 했다. 그 짧지만, 영원할 것만 같은 여행 중에, S는 어린 시절에 있었던 기가 막힌 일화를 들려주었다.

그의 어머니는 아이가 넷 딸린 과부였다. S는 4남매 중 막내였다. 어머니는 생계를 유지하기 위해 이웃 아주머니들에게 아이들을 맡기고 공장에서 일해야 했다. S는 (당연히) 4남매 중 가장 말썽꾸러기였다. 한시도 가만히 있지 못했고, 뜰에서 놀다 무릎이 까이고, 자전

거를 타고 마을을 누비다 넘어져 온몸이 긁힌 상처투
성이였다. 한마디로 못 말리는 개구쟁이였다. 이웃집
아주머니들은 S 뒤를 따라다니느라 항상 애를 먹었다.
하지만 가끔은 아주머니들도 자기 일에 바빠서 S의 어
머니를 도와주지 못할 때가 있었다. 그럴 때면 불쌍한
어머니는 S가 사고를 치지 못하게 집에 얌전히 붙잡아
둘 방법을 찾아야만 했다. 마침내 S의 어머니는 기발한
방법을 생각해냈다. 아침에 출근하기 전에 S에게 누나
옷을 입혔다. 그렇게 하면 S가 그 우스꽝스러운 꼴로는
창피해서 차마 아이들 앞에 나서지 못할 거라고 생각
했다. 어머니의 꾀는 딱 맞아떨어졌다. S는 집에 틀어박
힌 채 얌전히 놀았다. 그러다 S는 상황을 반전할 방법
을 생각해냈다. 어느 날 그는 누나를 따돌리고 우스꽝
스러운 꼴 그대로 친구들에게 갔다. 그는 다른 아이들
이 자기를 놀리기 전에 이렇게 외쳤다.

"카니발 놀이를 하자! 나는 이미 옷을 입고 왔지!"

S의 제안에 아이들은 좋아라 하면서, 변장에 사용
할 액세서리를 찾으러 집으로 달려갔다. 어머니의 묘안
에 크게 한 방 먹인 셈이다.

그 이야기를 들려주는 동안 S는 여전히 만족스러
운 미소를 띠고 있었다. 승리의 미소를 머금은 어린 S의
얼굴이 눈앞에 보이는 듯했다.

어쩌면 나는 처음부터 S의 이런 모습에 매료됐는지도 모른다. 딱딱한 껍질을 뚫고 나오는 순수한 어린아이 같은 면모 말이다.

그 어떤 의사나 정신과 전문의도 내게 고통을 완화하기 위한 약물 복용을 제안하지 않았다. 사람들은 보통 의사가 제안하기 전에 먼저 약물 치료를 요청하지만, 나는 아무것도 요구하지 않았다.

나는 전염병처럼 퍼지고 있는 항불안제와 항우울제 중독의 심각성을 다루는 신문 기사나 TV 프로그램을 심심치 않게 접했다. 게다가 특별히 고쳐야 할 병도 없는데 약물 남용으로 망가져가는 여성 캐릭터가 나오지 않는 미국 드라마나 영화가 없을 정도다. 나는 지루함을 이기지 못해 약물에서 구원을 찾는 가정주부들을 경멸했다.

가끔 친구들이 지친 내 모습을 보고 약물 복용을 권유하기도 했다.

"기분이 좋아지게 약물을 좀 처방해달라고 하지 그래? 지금 이 시기만 잘 넘기게 말이야……."

그런 말을 들을 때마다 나는 고개를 가로저었다.

나는 기분이 좋아지고 싶지 않았다. 물론 나를 옥죄어오는 고통이 멈추기를 바랐다. 숨을 쉬고 싶었다. 시간이 가면서 고통의 강도가 약해지기를 바랐다. 하지만 마음속 깊은 곳에서는 고통에서 벗어나려면, 고통을 통과해야 한다는 사실을 완벽하게 인지하고 있었다. 그냥 넘어갈 수는 없다는 것을 알고 있었다.

약 한 알이 내게 미소와 기쁨을 되돌려줄 수 있다는 생각이 그 당시에는 기괴하게 느껴졌다. 나를 평온한 사람으로 변신시켜줄 마법의 주문이, 내 눈에는 괴물처럼 비쳤다.

그를 구원하지 못했다는 사실만으로, 나 자신이 충분히 괴물처럼 느껴졌다. 그것만으로도 충분했다.

"그가 내게 남긴 것은 그를 잃었다는 고통뿐이다.
고통은 내 마음을 갈가리 찢어놓았지만, 나는 약물로
그 고통을 완화하고 싶지 않았다. 나는 그 고통을
오롯이, 끝까지 느끼고 싶었다……. 그 고통마저
사라지는 것을 원치 않았다."

─ 롱 릿 운,《숲의 길》

S가 죽은 지 몇 달이 채 지나지 않아 한 통의 전화를 받는다.

"안녕, 나 크리스티나야."

마지막으로 만난 지 수십 년이 지났지만, 나는 그녀의 목소리를 곧바로 알아듣는다.

우리는 둘 다 열여덟 살 정도 되었을 때 처음 만났다. 크리스티나는 옆 동네에 살았고, 친구 소개로 내가 다니던 직장에 입사했다. 그녀는 내가 만난 첫 불교 신자였다(물론 시간이 지난 후에 다른 불교 신자들을 만났지만, 그때까지만 해도 내 주변에 불교를 믿는 사람은 크리스티나뿐이었다). 회사 직원 중에 동명이인이 있어서, 우리는 그녀를 '불교 신자 크리스티나'라고 불렀다. 우리에게 그녀의 종교는 곧 그녀의 성이었던 셈이다.

우리는 꽤 오랫동안 친하게 지냈지만, 각자의 삶이

이끄는 길을 가다 보니 특별한 이유 없이 연락이 끊기고 말았다. 당시 크리스티나는 같은 법회에 참석하는 청년과 사귀던 사이였다. 나중에는 둘이 브리안차에 있는 아파트에서 함께 살았는데, 둘 다 그 근처에서 직장을 구한 데다, 법당도 가까워서였다. 그렇게 서서히, 우리는 서로의 인생에서 사라졌다.

크리스티나의 목소리를 들으니 과거로 돌아간 것만 같다.

"크리스티나."

내가 말한다.

"정말 오랜만이야."

그녀는 안부를 묻지 않는다. 통화 목적은 다른 데 있었으니까.

"어젯밤 페데리코가 죽었다는 소식을 전하려고 연락했어. 욕실에서 갑자기 몸이 안 좋아져서 구급차를 불렀는데, 손 쓸 방도가 없었어. 뇌동맥류였대."

(그녀의 전화, 과거의 추억, 비극적인 소식 등) 이 모든 것을 받아들일 준비가 되어 있지 않았던 나는 아무 말도 하지 못한다.

"토요일 오후에 법당에서 장례식이 열릴 거야. 혹시 오고 싶으면 와."

의외이긴 하지만, 의아할 정도는 아니다. 수년 동안 잊고 지내다 왜 내게 연락했는지 이해할 수 있다. 죽음이 일상에 불쑥 끼어들면 넋이 나간 나머지 순수하게 본능에 따라 선택하게 된다. 왜 그런 선택을 하는지 자기도 잘 모르지만, 그 순간만큼은 결정한 바를 당장 행동에 옮겨야 한다는 생각에 사로잡혀 다급해진다. 전화번호부에 저장된 모든 사람에게 전화를 돌리며 최대한 많은 이와 애도의 마음을 공유하는 것도 그러한 선택 중 하나다.

크리스티나에게 그런 말은 하지 않았지만, 나는 그녀의 심정을 이해한다. 나만큼 그녀의 마음을 잘 이해할 수 있는 사람이 또 있을까.

나는 그녀에게 약속한다.

"그럼. 나도 토요일에 참석할게."

지금까지 한 번도 불교 장례식에 참석해본 적이 없다. 불교에서 그 의식을 장례식이라고 부르는지조차 잘 모르겠다.

예식은 확실히 가톨릭 장례식보다 평온하고 편안한 분위기에서 진행되었다. 불교 신자들은 죽음을 긍정적으로 받아들이기 때문에, 장례식은 고인의 사망을 슬퍼하기보다는 고인이 하나의 단계를 통과한 것을 축하하는 자리다.

마이크 앞에 선 페데리코의 친구들은 그와 관련된 일화와 그가 어떤 사람이었는지 들려준다. 장례식에 참석한 사람들은 그들의 말을 들으며 고개를 끄덕이고, 때때로 미소를 짓는다.

멀리 크리스티나가 보인다. 내면에는 끔찍한 소용돌이가 요동치고 있을 테지만, 가족과 친구들에게 둘러싸인 그녀의 표정은 평온해 보인다. 그 평온함의 기저에 경이로운 무언가가 있다는 사실을 나는 모른다.

가족과 친지들의 발언이 마무리된 후, 크리스티나는 자리에서 일어나 피아노 앞으로 간다(법당에 피아노가 있다는 사실을 미처 몰랐다). 그녀는 피아노 의자에 앉아, 뚜껑을 열고 부드럽고, 대중적인, 유명한 멜로디를 연주한다. 그녀가 노래를 부르기 시작했을 때, 나는 비로소 그 노래가 조지 거슈윈의 〈The Man I Love〉라는 사실을 깨닫는다.

순간 감정이 복받쳐 오른다.

크리스티나가 피아노를 연주하고, 노래도 부른다는 사실을 몰랐다. 그동안 재능을 감추고 있었거나, 아니면 우리와 연락이 끊긴 다음에 배웠을 것이다.

크리스티나는 노래를 처음부터 끝까지 부른다. 목소리가 갈라지지도 않고, 감정에 동요도 없다.

그녀의 노래를 들으며, 그녀가 굉장하다고 생각한다.

세상을 떠난 연인에게 그런 노래를 바치는 것은 정말 멋진 일이다. 게다가 그의 장례식에서, 미소를 머금은 채 부르는 것은 금욕주의자나 할 수 있는 일이다.

S의 장례식에서 사람들 앞에서 한마디도 하지 못
한 내게 공연은 꿈도 못 꿀 일이다.

　30분 후에 장례식이 끝나고 그녀를 껴안아주자, 그
녀는 아무 말도 하지 않는다. 나 역시 마찬가지다. 포옹
은 우리가 자연스럽게 주고받은 유일한 메시지였다. 하
지만 마음속으로 나는 계속 생각한다. 너는 나의 영웅
이라고.

이 책을 쓰는 이유는 나야말로 이런 책을, 남겨진 자들의 삶에 대한 글을 읽고 싶었기 때문이다.

하지만 글을 쓴다는 것은 새로운 질문을 던지고, 새로운 비교 대상을 찾는 것을 의미한다. 당시 내가 느꼈던 고독과 외로움을 생각하면, 인터넷 검색만으로도 다양한 분야의 수많은 참고 자료를 찾을 수 있는 요즘 같은 시대에 나와 같은 일은 겪은 사람들의 느낌은 얼마나 다를지 실감이 난다.

그런 생각을 하면, 지금에 와서 당시 내가 그토록 원했던 위안을 이제 와 찾는 것이 과연 의미가 있을지 의문이다. 지금은 그때처럼 절박하지 않으니까.

당시 내게 가장 필요했고, 아마 지금도 의미가 있는 유일한 일은 나와 같은 트라우마를 가진 이들, 이러한 형태의 비애를 정확하게 이해할 수 있는 이들과 경험을 공유하는 것이다.

자살한 사람의 가족들만으로 구성된 자가 치유 모임 말이다.

그런 단체가 존재할까?

인터넷 자료가 넘쳐나는 세상인데도, 그런 단체를 찾기란 쉽지 않다. 여기저기 이메일을 보내고, 전화를 돌리며, 많은 사람을 소개받는다.

가족을 잃은 사람들을 돕는 단체는 많지만, 그중에 콕 집어서 가족이 자살한 사람들만을 위한 단체는 없다.

그러다 에밀리아 로마냐주에 그런 사람들의 만남을 주선하는 사람의 이름을 알게 됐다. 그 역시 가족이 자살했다고 했다. 수소문한 끝에 그의 휴대전화 번호를 얻어냈다. 그의 이름은 니콜라다. 그에게 전화를 걸어 내 소개를 하고, 내가 무슨 책을 쓰고 있는지 설명한다. 나를 만나서 그의 경험을 들려줄 생각이 있는지 묻는다. 그의 반응은 다소 차갑고, 머뭇거리는 듯했다. 적어도 전화상으로는 그랬다. 하지만 그는 내 제안을 받아들였고, 우리는 그달 말에 만나기로 한다.

그동안 나는 자살한 가족을 둔 사람들의 모임 찾기를 계속했고, 드디어 그런 단체를 찾았다.

지금까지 조사해본 바로는, 그런 단체는 딱 하나, 파도바에 있다.

그들은 일주일에 한 번 모임을 가진다고 한다.

나는 대표 번호로 전화를 걸어 모임에 몇 번 참석하고 싶다고 한다. 담당자는 친절한 목소리로 그 전에 구성원들의 동의를 받아야 한다면서, 내게 결과를 알려주겠다고 한다. 며칠 후 그녀는 내게 모임 구성원 중 일부만 나와 만나겠다는 뜻을 밝혔다고 한다. 나는 그녀와 일정을 조율하기로 한다.

그러던 중에 믿을 수 없는 일이 벌어졌다. 이탈리아에 코로나19 확산으로 비상사태가 발생했다. 봉쇄령이 내려지고, 모든 곳이 폐쇄되었다.

끔찍하고 긴박한 현실이 나의 뒤늦은 애도 의식에 끼어들었다.

마치 우주가 내게 메시지를 보내는 것만 같았다.

당장 해결해야 할 급한 문제가 있는데, 먼 과거의 트라우마가 뭐가 중요하지?

현재가 내가 하려는 일의 의미를 앗으려 한다.

자생적 조력자

봉쇄령이 내려진 직후 며칠 동안은 일이 손에 잡히지 않는다. 글조차 쓸 수 없다. 나는 코로나19 유행 초기에 긴장증에 가까운 상태로 보냈는데, 나중에 알고 보니 그런 사람이 나뿐만이 아니었다.

그러다 어느 순간 정신을 추스르고, 상황에 대응해야겠다는 생각이 든다.

격리 기간이 연장되고, 언제 어떻게 예전처럼 여행도 가고, 사람을 만날 수 있게 될지 알 수 없는 상태로 몇 주가 흐르자, 나는 사람들이 직접 참여하는 형태의 모임이 다시 시작되려면 적어도 몇 달은 기다려야겠지만, 다른 형태의 만남은 현 상황에 맞게 조절할 수 있겠다는 생각을 한다.

　나는 원래 에밀리아 로마냐에서 자가 치유 모임을 돕는 니콜라라는 사람과 만날 예정이었다. 그에게 다시 연락해서 영상 통화를 제안하자 그는 내게 다음 날 오후 5시에 통화하자고 한다.

　그는 자기 집 거실에서 화상 연결을 했다. 그는 다림질을 하는 중이다. 분주하게 집안일을 하면서 죽음을 이야기하는 상황이 재밌다. 사망학과 가정학을 동시에 다루는 격이다.

　니콜라는 서른다섯 살 정도 되어 보이는 독신남이다. 그는 격리 기간을 혼자서 보내고 있다고 한다. 다리미질하는 모습을 보니 그의 말은 사실이었다.

　나는 먼저 조력자는 어떤 일을 하고, 조력자가 되기로 결심한 이유는 무엇인지 묻는다.

　그는 내게 '자생적 조력자'란 용어는 자발적으로 조력자가 된 사람을 뜻하는 것이 아니라 기술적인 용어라고 설명해준다. 일반적으로 자가 치유 단체에서 모임을 조율하는 역할을 하는 사람을 조력자라고 하며, 일반적으로는 전문가들이 그 역할을 맡는다. 그런 역할을 그룹 구성원 중 한 명이 맡을 때는 '자생적 조력자'라고 부른다. 이들은 정신과 전문의나, 강사, 치료사가 아니라 사랑하는 사람을 잃은 트라우마를 이겨낸 후, 단체 모임을 통해 타인을 위해 자신의 경험을 공유하려는 사람들이다.

대화 초반에 다림질을 하면서 설명하던 니콜라는 분위기가 무르익자 어느새 다리미를 거치대에 내려놓고, 대화에만 집중한다.

가족을 잃었을 경우와 가족이 자살했을 경우 남겨진 사람들의 고통에 차이가 있는지 묻자, 결국은 각기 다른 방식으로 모두 세상을 떠난 이에 대한 회한과 죄책감을 느낀다고 한다. 하지만 자살로 가족을 잃은 생존자들은 그 감정의 폭이 훨씬 크다고 한다.

"병이나 사고는 막을 수 없죠. 하지만 자살은 다릅니다. 무슨 말을 해주었거나, 그 일이 일어난 날 그를 찾아갔거나, 그의 이야기에 귀 기울여주었다면, 그를 구할 수 있었을 거라는 느낌을 지우지 못하죠. 자살을 막기 위해 뭐든 할 수 있었을 거란 느낌 말입니다."

처음 연락했을 때만 해도 니콜라는 매우 조심스러웠다. 이야기를 시작하기 전에 자기 이야기는 공유하고 싶지 않다면서 자기 사연은 말하지 않겠다고 선을 그었다. 태도를 보아하니 그 일이 일어난 지 얼마 되지 않아 아직 민감한 상태 같았다.

하지만 영상 통화를 하면서 그의 경계심은 서서히 허물어졌다. 처음에 그는 자세한 설명 없이 뭉뚱그려서 '가까운 친척 둘'을 잃었다고 했다. 그러다 자기도 모르게 그런 건지 아니면 마음이 열려서 그런 건지, 자기 사연을 자세히 말하기 시작한다. 그는 16년 전에 어머니를 잃었고, 4년 전에는 형이 자살했다. 그는 형의 죽음에는 말을 아낀다.

"지금도 직장 동료들이나 다른 사람들과 형 이야기를 못 하겠어요. 사람들에게는 자살에 대한 편견이 있거든요. 자살한 사람에게 문제가 있다던가, 그럴 만한 사람이었다고 생각하죠. 그 이면에 무엇이 있는지 몰라요."

처음에 니콜라는 '자살'이라는 단어 대신 특이하게 에둘러 표현한다.

"형은 다른 삶을 선택했어요."

그런 뒤 이런 말을 덧붙인다.

"말장난에 불과하다는 걸 저도 알아요. 하지만 전 이런 식으로 표현하는 것이 좋습니다."

나는 그를 이해할 수 있다. 생존자는 자기 기준에 적합한 표현을 사용해야 한다. 자기 자신에게도 이야기를 들려줄 방법을 찾아야 한다.

그의 이야기 중에서 가장 충격적인 내용은, 그의 형이 아내와 자식들이 있는 멀쩡한 집을 놔두고, 다른 도시에 사는 부모님 집까지 가서 자살했다는 거다.

그 후 며칠 동안 모두 니콜라에게 "그가 왜 그런 선택을 했지?"라고 물었지만, 그의 아버지만은 "대체 왜 여기에서 그런 짓을 저지른 거지?"라고 자문했다.

니콜라에게 그 질문에 대한 대답을 찾았는지 묻자, 그는 그렇다면서 현실적인 해석을 내놓았다.

"그 장면을 아이들에게 보여주고 싶지 않았던 것 같아요."

대화는 다시 모임으로 초점이 맞춰진다. 나는 그의 경험을 바탕으로 모임이 생존자에게 어떤 도움을 주는지 알고 싶었다.

"우선 공감이 있죠. 이런 고통을 받는 사람이 나 혼자가 아니란 사실을 느낄 수 있게 해주니까요."

그가 망설임 없이 말한다.

대신 모임에 참석하는 사람은 무엇인가를 받는 데 그치지 않고 반드시 돌려준다는 점을 강조한다. 상호 교환적인 행위라는 거다.

"저 스스로 처음에는 모임에 참석하는 것이 아무런 쓸모가 없다고 생각했어요. 그곳에 모인 사람과 나눌 것이 아무것도 없다고 생각했죠. 모임에 가서도 아무 말도 하지 않고, 그저 남들이 하는 말을 듣기만 했죠. 그러다 듣는 것도 중요하다는 사실을 깨달았습니다. 모임에 다시 나가고 싶은 마음이 드는 순간, 그 사실을 깨달았죠. 그 후 저는 항상 모임에 참석했습니다."

그의 마지막 말은 내 마음에 깊은 울림을 남겼다.

"자신의 고통을 고집스레 붙잡고, 자기들도 도움이 될 수 있다는 사실을 깨닫지 못한 채 두어 번 참석했다, 발길을 끊는 사람들도 있죠. 모두가 준비된 것은 아니니까요."

'자신의 고통을 고집스레 붙잡는다'라…….

그렇기에 고통도 공유할 수 있다는 사실을, 자신도 남들에게 베풀 것이 있다는 사실을 깨닫지 못하는 거다.

지난 20년 동안 나는 얼마나 말이 안 통하는 고집쟁이였던가.

그 후 며칠 동안 나는 목숨을 끊기 위해 부모님 집으로 돌아온 니콜라의 형과 "왜 하필 여기에서?"라는 그의 아버지가 한 질문에 관해 곰곰이 생각해보았다.

자식들에게 트라우마를 남기지 않으려는 선택이었다는 니콜라의 말도 옳다. 형은 신중하게 장소를 결정했을 것이다.

그는 유년 시절을 보낸 집을 택했다. 그곳은 어머니를 잃은 장소이자 고통이 습관처럼 친숙한 장소였다. 자신을 받아줄 누군가가 있는 장소였다.

S가 우리 집을 택한 것은 자신의 죽음을 어머니에게 보이지 않기 위해서였다. 처음에는 내게, 그다음에는 그의 누나와 형들에게 부담을 지우는 대신 늙은 어머니는 어떻게든 보호하려 한 거였다(그리고 그의 예상은

적중했다). 자기 죽음에 따르는 여파를 (조금이나마) 줄이려 한 거였다.

　그의 선택은 두 가지로 해석할 수 있다.
　나를 벌하려 했거나, 아니면 수년간 나눈 사랑의 이름으로 나를 신뢰했거나.
　세상 모든 것에 대한 신뢰를 잃은 그가, 나에게만은 마지막 신뢰를 보여준 것이다.

　나는 두 번째 해석을 믿어야 한다. 선택의 여지가 없다. 첫 번째 해석을 믿으면 살아갈 수 없을 테니까.

직장 동료들이나 다른 사람들은 어차피 이해하지 못할 테니 그들과 형 이야기를 하지 않는다는 니콜라의 말을 듣고 '나는 왜 다른 사람들과 S에 관한 이야기를 하지 않지?'라는 의문이 떠올랐다.

최근 만난 동료와 친구 들은 내 사정을 잘 몰라서?

부끄러워서?

아니다. 나는 S의 이야기에 대해 그 어떤 수치심도 느끼지 않는다. 판단의 대상이 되는 것이 두렵지도 않고, 사람들이 S를 어떻게 생각할지도 관심이 없다(어차피 그들은 S를 모르니까).

그런데 왜? 이런 나의 감정을 어떻게 정의할 수 있을까?

망설임? 신중함?

"가장 중요한 것은 나라는 존재에 수치심을 느끼지
않는 것이다. 이것만큼은 거짓을 말하고 싶지 않다.
누군가에게 상처를 주려고 책을 쓰지는 않지만,
진실은 아플 수 있다."

— A. M. 홈스, 《왜 우리는 자신에 대한 글을 쓰는가》

이 이야기를 하는 데 왜 이렇게 오랜 시간이 걸렸냐고?
하나의 정답은 없지만, 이유는 다양하다.

　우선 다른 사람에게 이야기를 들려주려면 자기 자신에게 이야기를 들려주어야 하며, 그 방식은 획일적이지 않다는 사실을 말하고 싶다. 이 이야기는 세월 속에서 모습을 바꾸고, 진화했다. 새로운 표현과 새로운 형식을 찾아 성장했다. 나와 함께 성숙했다.
　처음에는 이 이야기로 아침을 시작해야 했다. 무슨 일이 있었는지 기억해야 했다. 그것이 나의 현실이니까.
　전복된 렘수면 사이클처럼 눈을 뜨는 순간 악몽이 시작됐다.
　여기에 익숙해지는 데만 몇 달이 걸린다.
　생존에 집중할 때는 외부와의 소통에 신경을 쓰지

못한다. 내 말을 어떻게 이해할지는 듣는 이의 몫이다. 그것은 생략과 절제된 눈물, 침묵이 주를 이루는 서사다. 듣는 사람들은 여기에서 나머지 이야기를 추측해야 한다.

얼마간은 도저히 극복할 수 없을 것 같다. (사람들은 계속해서 "시간이 가면 괜찮아질 거야"라고 한다. 하지만 그들이 대체 뭘 안단 말인가. 그 어떤 말도 믿을 수 없다.)

그러다 미래의 서광이 보이면서 서서히, 매우 더디게 나아지기 시작한다. 그 가녀린 빛줄기에 매달려본다. 그러면 비극은 (평생 사라지지 않을 그 화상의 흉터는) 통제할 수 있는 대상이 된다. 위치를 마음대로 바꿀 수 있는 가구처럼 말이다. 그렇게 가끔은 비극을 눈에 띄지 않는 곳에 옮겨둘 수 있게 된다. 평생 내 곁에, 내 뒤에 있다는 걸 알지만 당장은 창밖으로 시선을 돌리고, 앞으로 나아갈 수 있다.

시간이 흐르면 그 커다란 가구를 다루기가 더 쉬워진다. 들기 편한 크기로 작아진 데다, 가구를 옮기는 실력도 늘게 되니까. (끔찍하게 들릴 수도 있겠지만, 애정과 호의를 가지고 생각하다 보면 정이 들기도 한다.) 결정적인 요소가 아니라 방에 있는 여러 물건 중 하나로 보인다.

그렇게 되기까지 수년이 소요된다.

그동안 (적어도 내 경우에는) 서사만 변하는 것이 아니라, 이야기를 들려주고 싶은 마음에도 변화가 온다. 나는 더 과묵해졌다.

이제는 상황에 따라 몇몇 사람에게만 이야기를 들려준다.

상태가 조금 좋아지면, 그 평온함을 유지하기 위해 애를 쓰고, 노력하게 된다. 자신이 얼마나 나약해진 상태인지, 살얼음판 위를 걷는 것과 같은 민감한 상태인지를 알기에, 스스로를 보호하려 한다. 너무 자주 그 이야기를 하지 않고, 상처를 다시 헤집지 않는 것도 자신을 보호하기 위한 방법이다.

그렇게 자기 연민에 빠진다.

하지만 내 안에는 인간과 작가라는 두 개의 영혼이 공존한다.

인간으로서 사물을 대하는 방식과, 작가로서 사물을 대하는 방식은 다르다.

작가는 호기심도 많고 집착도 많다. 작은 디테일에 집착하고, 모든 것을 기록한다. 심연을 마주할 때 구원을 찾기보다는 그 안을 들여다보고 싶어 한다. 공포에 매료된다. 자신이 실험용 쥐이자 증인이라고 생각한다.

이야기를 저장하고, 이야기에 형태를 부여하고, 이
야기를 손질한다. 집착스레 되씹고, 간직한다.

나의 글쓰기 스타일에 대해 깨달은 점이 있다면, 바
로 내게는 시간이 필요하다는 것이다. 나는 사물과 나
사이에 감정적인 거리를 유지해야 한다. 소설을 쓸 때
마다 나는 작품을 끝낸 다음에 다시 읽어보기 전에 원
고를 서랍 속에 얼마 동안 넣어둔다. 그래야 글의 의미
와 가치를 알 수 있기 때문이다. 나 자신에 관한 글이나
나의 경험에 대한 글을 쓸 때면 올바른 목표를 설정하
고 적당한 거리를 유지한 상태에서 글을 쓰기 위해 몇
달이고 몇 년이고 기다려야 한다.

언젠가는 내 마음속에 휴대하고 다니는 지옥 이야
기를 꺼내지 않을 수 없었다. 그날 이후 나는 잠시도 그
일을 잊은 적이 없다. 하지만 그전에 글을 쓰기 위한 적
당한 심리적 거리를 파악하는 것이 중요했고, 그 과정
은 생각보다 훨씬 복잡했다.

그러니 하나의 정답은 없다. 나의 답변은 무한히
많다.

이 책 역시 글쓰기보다 콘셉트를 잡기가 더 힘들었다.
방에 틀어박힌 채 키보드로 고통을 소환하는 것은 어
렵지 않다. 하지만 그 후엔? 그런 고백을 어떻게 활용해
야 하는가?

처음 편집자에게 내 계획을 알리자, 그는 내게 "준
비됐나요?"라고 물었다.

아마도 그의 질문은 바깥세상에 이 책을 알리고,
청중 앞에서 이야기하고, 뒤이어질 수많은 질문에 답하
고, 사람들의 반응에 대응하고, 독서 모임과 책 홍보 행
사에 참석하고, 인터뷰에 응하는 이 모든 일을 책의 일
부로 생각하고 잘 수행할 준비가 되었느냐는 의미였을
것이다.

그에 대한 대답은 '잘 모르겠다'이다. 그렇게 할 준

비가 됐는지 잘 모르겠다. 돌이킬 수 없는 지점의 끝자락에 선 지금까지도 사실 잘 모르겠다.

내 이야기를 하는 것이 부끄러운 건 아니다. 하지만 그 이야기를 들어줄 이의 손에 쥐여줄 사안의 심각성을 나는 진정 알고 있는 것일까?
전복된 선물과 같은 이 이야기로 왜 사람들을 벌해야만 하는가.

인간의 내면에는 빛과 그늘이 공존한다.
나의 어둠은 그늘 정도가 아니다. 온 세상을 어둠으로 뒤덮을 수 있는 일식日蝕이다.

"자서전에서 가장 기이하게 보이는 일은 실제로
우리가 겪은 일이다."

— 스티브 애벗

전 세계가 공포로 마비되고, 밀라노와 같은 대도시까지 창문 바깥세상이 온통 정적에 휩싸였던 믿을 수 없는 연옥과 같았던 봉쇄 기간 동안, 세상에서 완전히 고립된 상태에서 내가 한 또 하나의 일은 오래전부터 감지해온 신호에 응답하는 것이었다.

나는 내가 아는 한 작가도 생존자라는 사실을 알게 됐다. 우리는 (도서전에서 딱 한 번 인사를 나눈 적이 있는) 면식이 있는 정도의 사이였다. 그런 그의 아내가 몇 달 전에 스스로 목숨을 끊었다.

공개적으로 말한 적은 없지만, 그는 때때로 트위터에 짧지만 비통한 메시지를 남겼다.

한번은 이런 메시지를 남겼다.

조수석이 텅 빈 차를 몰면서, 나는 자주 울음을 터뜨린다. 때로는 라디오에서 나오는 노래를 따라 부르기도 하고, 혼잣말을 하기도 한다. 때로는 분노에 가득 차서, 때로는 살고 싶어서, 때로는 그 두 가지 감정을 동시에 담은 고함을 외친다.

내가 무슨 짓을 하든 차는 앞으로 나아간다. 인생처럼.

또, 이런 글도 있었다.

커다란 고통 앞에서, 사람들은 '이젠 그만 앞으로 나아가야 해'라고 말한다. 하지만 실은 고통은 가로질러야 하는 거다.

그의 트위터를 읽는 순간 누군가 수취인 없는 메시지를 병에 넣어 바다에 띄워 보낸 듯한 느낌을 받는다. 그중 하나를 오늘 내가 주운 셈이다.

그에게 연락할 때가 왔다는 생각에, 이메일을 보낸다.

내 요청이 부적절하게 느껴질 수도 있다. 코로나 19 유행의 장기화로 고립감이 심해진 지금, 채 식지 않은 애통함을 참기 위해 애를 쓰고 있을 그의 입장에서는 뻔뻔하게 보일지도 모른다.

나는 그에게 내 요청을 거절해도 된다는 사실을 이해시키려 한다. 싫다는 한마디만으로도 충분하다고 한다.

그런데 다음 날 그는 내게 장문의 감동적인 메일을 보낸다. 그 글은 고백이자, 이야기이자, 공감이었다.

나를 동족으로 인정하는 편지였다.

이메일을 읽은 후에 당장이라도 차를 타고 그에게 가고 싶은 강렬한 욕망에 사로잡힌다. 그가 사는 해안 마을로 찾아가, 그를 만나서 밤늦게까지 대화를 나누고 싶다. 할 말이 떨어질 때까지 대화를 나누고, 절망의 모든 면모를 털어놓고, 새겨진 모든 상처를 보여주고 싶다. 하지만 그럴 수는 없다. 정부의 봉쇄령과 이동 통제, 무엇보다 치명적인 바이러스가 도처에 도사리고 있기 때문이다. 우리는 꼼짝하지 않고 한곳에 머물러야 한다.

이메일을 다시 읽어본다. 두 번, 세 번, 다섯 번. 사실상 직접 만나서 할 말이 모두 그 글에 담겨 있었다.

이메일에는 끊임없는 내적 갈등이 담겨 있었다.

제가 엄청난 죄책감에 시달리고 있다는 사실을 굳

이 말하지 않아도 아실 겁니다.

내가 무엇을 이해하지 못한 걸까? 무엇을 잘못한 걸까? 무엇을 할 수 있었고, 무엇을 해야 했을까? 차라리 그녀 곁에 내가 없는 편이 낫지 않았을까? 그녀를 보호해줘야 할 의무를 이런 식으로 지키지 못하다니. 그녀는 나를 자신의 축복이라고, 세상에서 가장 소중한 존재로 생각했는데.

내가 그녀에게 정말로 그런 사람이었더라면, 왜 나를 두고 그런 선택을 한 것일까?

남겨진 자들만 느끼는 감정에 관한 내용도 있었다.

사람들이 아무리 제 감정을 이해하려 노력해도, 그 큰 부담감은 다른 사람과는 나눌 수 없고 오직 나 홀로 감당할 수밖에 없습니다. 때로는 고통을 전염시키지 않으려고, 아예 말을 하지 않기도 하죠. 아니면 다른 사람들 편에서 먼저 제게 말을 거는 것이 두려워 아무것도 묻지 않기도 하죠. 막상 그러면 저는 또 '내가 얼마나 끔찍한 나날을 보내고 있는데, 어떻게 이럴 수 있지?'라는 생각에 괴로워합니다.

지난 몇 달 동안 고통은 곧 나의 정체성이었습니다. 누가 뭐라 하는 것도 아닌데, 주변 사람들이 저를 볼 때 오직 '아내가 자살한 불쌍한 사람'만 본다는 것

이 느껴졌습니다. 실제로 저 자신도 그렇게 느꼈으니까
요. 아내를 잃은 상실감은 아직도 다른 모든 것을 짓누
르고 있습니다. 모든 것을 음지로 밀어내고, 아름다운
추억마저 앗아가버렸습니다.

언젠가는 아픔을 극복하고, 이러한 상황에서조차
긍정적인 면을 찾을 수 있으리라는 희망도 담겨 있었다.

시간이 흐르면 사랑과 달콤한 기억을 되찾고, 나
와 그녀를 용서하고, 이 순간을 조금 덜 고통스럽고,
덜 끔찍하게 뒤돌아볼 수 있게 되기를 바랍니다.
그게 과연 가능할까요?

그의 말은 곧 나의 말이다. 같은 운명에 처한 모든
이들이 하는 말이다.
우리의 말을 듣고자 하는 모든 이에게 읊어주는 대
본이다.
우리만의 은밀한 고통에 달린 주석이다.

형제들이여, 이곳에 모여 단결하자.

인터넷 검색을 하다 보니 마우리치오 폼필리라는 라 사피엔차대학교 정신과 교수의 이름이 자주 등장했다. 동료 작가도 폼필리 교수 이야기를 하면서, 그의 업적을 높이 평가했다.

폼필리 교수는 이탈리아의 유일한 자살 예방 센터인 로마 성 안드레아 클리닉 자살 방지 센터 책임자이기도 하다. 그는 자살 예방과 관련된 저서도 몇 권 출간하고 수많은 과학 논문을 발표했다. 그를 만나고 싶은 마음이 간절했지만, 봉쇄령이 풀린 후에도, 그와 약속을 잡기가 거의 불가능해 보였다.

폼필리 교수의 비서인 드니스를 통해 몇 번이나 그와 약속을 잡으려고 시도했지만, 교수의 일정이 너무 많아서, 번번이 마지막 단계에 취소되고 말았다.

그렇게 몇 달간 노력하다, 나는 결국 그와의 만남을

포기했다.

그런데 정작 마음을 접고 나니 일이 의외의 방향으로 전개됐다. 폼필리 교수가 진행할 예정인 자살 관련 온라인 학회에 게스트로 참석해달라고 드니스에게 연락이 왔다.

컴퓨터 화면상이기는 했지만, 대중에게 내 이야기를 들려주는 건 이번이 처음이었다.

그래도 될까?
확실치는 않지만, 그래도 하겠다고 했다.

책까지 쓰고 있는 마당에 싫다고 할 이유가 어디에 있단 말인가?

S는 글과는 거리가 멀었지만, 모두에게 글을 남겼다. 앞서 말했듯, 내게는 열 통 남짓한 편지를 남겼다.

그는 글을 쓰면서 세상과 이별했다.

시간이 흐르면서, 나는 자살하는 이들이 남긴 유서에 관한 다양한 연구가 존재한다는 사실을 알게 되었다. 대부분은 자살 이면에 숨겨진 이유를 이해하기 위한 사회학적 관점의 연구였다.

자살한 사람이 남긴 유서에는 비난과 원망, 고백, 용서를 구하는 말, 가족을 향한 변명, 억울한 범죄 의혹에 대한 결백 주장, 현실적인 숙지 사항들과 고인의 마지막 소망 등이 담겨 있다.

문득 자살하는 사람이 남긴 글의 스타일, 산문, 자

주 등장하는 단어 등 유서의 문학적인 측면을 분석하는 학문도 존재하지 않을까, 하는 생각이 떠오른다. 세상에 남기는 마지막 흔적, 가족을 향한 마지막 메시지는 어떻게 써야 할까?

영원한 이별의 시학 연구는 존재하지 않는 걸까?

(드물긴 하지만 아이러니한 방식으로 이별을 고하는 사람들도 있다.)

침대에서 권총 자살을 한 프랑스 작가이자 감독인 로맹 가리는 자신의 자살 장면을 세세하게 연출했다. 먼저 시각적인 충격을 줄이기 위해, 피와 비슷한 빨간 나이트가운을 입고, 권총이 발사되는 소리를 줄이기 위해 베개에 수건을 올려놓았다. 마지막으로 침대 머리맡 책상에 "나는 마침내 나를 완전히 표현했다"라는 유서를 남겼다.

체사레 파베세는 자살하기 전 며칠 동안 자살에 관한 사유를 글로 남겼다. 그중에서 "자살은 수줍은 살인이다"라는 표현이 인상적이다. 자살이 수줍은 이유는 살인자가 타인에게 해를 끼치지 않고 자기 자신을 대상으로 삼기 때문이다. 그 역시 호텔 침대 머리맡 탁자 위에 유서를 남겼다. 그가 수면제 열두 알을 삼키기 전에 남긴 유서의 마지막 문장이자 세상을 향한 영원한 고별인사는 "내 죽음을 두고 이런저런 말을 하지 말라"였다.

《미국의 송어낚시》를 쓴 세계적인 소설가 리처드 브라우티건은 캘리포니아 자택에서 세상에서 거의 고립된 상태에서 지내다, 그곳에서 권총으로 자살했다. 자기 시체가 한참 후에 발견될 것을 이미 알고, 그는 "방이 정말 엉망이지?"라는 쪽지를 남겼다고 한다.

나는 결국 폼필리 교수가 기획한 온라인 학회에 참석했다. 나는 온라인에 접속한 수백 명의 타인 앞에서 내 이야기를 들려주었다. 대중을 대상으로 그 이야기를 하는 것은 처음이었지만, 원격 화상회의라는 형식 덕분에 방에 들어가 문을 닫고 내 컴퓨터에 달린 작은 카메라를 바라보며 이야기했기 때문에 실제로는 혼자서 이야기하는 느낌이었다. 나는 그 경험을 나중에 실제 청중 앞에서 그 이야기를 하게 될 경우를 대비한 리허설로 받아들였다.

내 발표가 끝나자 많은 사람이 오픈 채팅창에 나의 용기와 솔직함에 찬사를 보냈다. 반응이 괜찮은 것 같았다.

학회가 끝난 후에 폼필리 교수가 직접 내게 전화를 걸어, 고맙다면서, 꼭 한번 만나자고 했다.

고독한 권위자

7월 중순의 로마는 찜통더위가 기승을 부린다. 병원 상
담보다는 해변에 놀러 가기에 적합한 날이지만, 오늘은
2년의 기다림 끝에 드디어 마우리치오 폼필리 교수와
의 만남이 성사된 날이다.

폼필리 교수가 이끄는 자살 예방 센터가 있는 성 안
드레아 병원에 도착한 나는 시원한 실내 공기에 적응하
기 위해 잠시 병원 로비에 머문다. 앞으로 일어날 일을
심적으로 준비하기 위해서이기도 하다.

자살예방센터로 가기 위해서는 복도를 가로질러
엘리베이터를 타고 지하 2층에서 내린 다음 병원 안내
표지판을 따라 한참을 가야 했다. 표지판을 따라가는
중에도 혹시 몰라 폼필리 박사의 비서가 남긴 음성 메

시지를 다시 들어본다. 버스를 두 번이나 갈아타고, 미로 같은 병원 복도를 지나 이곳에 이르니 비디오 게임 스테이지를 올 클리어한 것만 같다.

사람들은 보통 자살과 관련된 개인적인 경험이 있는 사람이 자살을 연구한다고 생각한다. 많은 이가 폼필리 교수 역시 그랬을 거라 생각하지만, 실은 그렇지 않다. 그는 학창 시절 강의를 통해 자살에 관심을 가지게 되었으며, 후에 자살을 연구 분야로 선택한 것은 감정이입이 됐기 때문이었다.

그는 나를 만나자마자 이 이야기부터 했다. 폼필리 교수는 체구가 작고, 마른 편이다. 갸름한 얼굴에 턱수염을 기르고, 테가 얇은 안경을 쓰고 있다. 책상 건너편에 앉아 내 눈을 똑바로 바라보며 말을 잇는다.

"저도 고통과 감정적인 굴곡이 많은 삶을 살았기 때문에 자살을 생각하는 사람들과 비슷한 점이 있었습니다. 저 역시 그들과 같은 정신적인 고통을 경험했으니까요. 덕분에 자살 위험이 있는 환자들에게 다가가, 그들을 도울 수 있었습니다."

그의 자연스러운 태도에 경계심이 풀어졌다. 그에게 자살을 연구하게 된 이유를 물으면서, 나는 그가 사적인 이야기가 아니라 의학적인 대답을 내놓을 거로 생각했다. 하지만 폼필리 교수처럼 매일 깊은 고통과 대면해야 하는 사람에게 한계나 수치심은 무의미한 것 같았다.

"물론 연민만으로는 부족합니다. 자살 예방을 위해서는 약물, 심리 치료, 의학적 지식 등 많은 것이 필요하죠. 하지만 저는 인간적인 요소가 매우 중요하다고 믿습니다."

사실이다.

나는 그에게 왜 아직도 의료계와 과학계에서 자살에 대한 연구가 활발히 진행되지 않는지 묻는다. 그는 더디긴 하지만 상황이 변하고 있으며, 여기에는 사람들이 자살을 대하는 태도도 포함됐다고 한다.

"지금까지 자살은 정신병 증상으로 알려져왔습니다. 하지만 실제로는 그보다 훨씬 더 복합적인 현상이죠. 예전에는 단순히 자살의 원인을 우울증이라고 생각하고, 항우울제로 치료해야 한다고 믿었습니다. 하지만 그렇지 않습니다. 우울증 환자들은 대부분 자살 충동을 느끼지 않습니다. 반면에 자살을 생각하는 사람들은 지속적인 정신적 고통, 패배감, 불안감, 정신적 및 육체적 고통에 시달리고 끊임없이 자기 자신과 대화를 나눕니다. 이런 사람들에게는 자살이 그런 상황에서 벗어날 수 있는 유일한 해답처럼 보입니다. 죽음에 가까이 가고 싶은 욕망이 아니라 참을 수 없는 정신적인 고통에서 벗어나려는 극단적인 시도인 겁니다. 고통이 가벼워지거나, 없어지면 살고자 하는 의지가 다시 생길 겁니다. 요즘은 이런 관점에서 자살을 바라보고 있습니다."

그토록 오랫동안 그와 만나려고 애썼으면서, 정확히 무엇을 물어야 할지 생각한 적이 없었다. 나는 아무것도 준비해 오지 않았다. 심지어 메모지 한 장도. 폼필리 교수에게 물어보고 싶은 것이 너무나 많았지만, 그가 그랬듯 나 역시 개인적인 이야기부터 시작하는 것이 자연스러울 것 같다는 생각이 든다. 나는 그에게 S를 잃은 후에, 어떤 형태로든 도움을 찾았지만, 아무런 도움을 받지 못했다고 이야기한다. 책을 집필하기 위한 조사 과정에서도, 별다른 정보를 얻지 못했다고 말한다. 이탈리아에서 이와 관련해 진행되고 있는 유일한 활동은 극단적인 경험을 직접 겪은 이들이 개인적인 차원에서 추진하는 모임뿐인 것 같다는 말도 한다.

폼필리 박사는 내 말에 동의한다. 자신이 활동하기 시작한 2005년도에는 관련 자료가 거의 존재하지 않았다고 한다. 지금까지 이룬 것은 지난 20년간의 노력의 결과이며, 그나마도 아무런 지원 없이 순전히 개인적인 노력으로 이루어냈다고 한다.

최근 몇 달간의 조사 과정에서, 나는 연구 주제가 가진 독창성 덕분에, 폼필리 박사가 자기도 모르는 새 자살과 관련된 모든 활동의 기준점이 되었다는 사실을 깨달았다. 가족이 자살을 한 사람들을 돕기 위한 단체나 협회를 만들려는 사람들은 모두 그에게 도움을 청했는데, 그 외에는 달리 도움을 청할 사람이 없기 때문이기도 했다. 폼필리 교수 덕분에 지금은 칼라브리아에서 풀리아, 피에몬테에 이르는 이탈리아 전역에 일련의 협회들이 표범 얼룩처럼 설립되었다. 각각의 협회는 많은 경우 십여 명의 회원들로 구성되었다.

폼필리 교수의 연구실에는 협회가 있는 도시 위에 색 테이프를 붙인 이탈리아 지도가 붙어 있었다. 여기에는 사춘기 딸을 잃고 난 후에 학교를 돌아다니며 자살 예방 홍보에 힘쓰는 부모도 있고, 어머니와 아버지를 잃고 자살에 대한 경각심을 일깨우기 위한 프로그램을 진행하는 자식들도 있다. 그런데 왜 아직 사람들의 자발적인 활동에만 의존하고, 정부 기관 차원에서 이러한 활동을 위한 제대로 된 투자를 하지 않는 걸까?

"아직은 이러한 활동을 위한 지원이 미비합니다. 하지만 그건 이탈리아뿐 아니라 전 세계적인 현상이죠. 집단 망각 때문일 수도 있고, 최근에 와서야 자살을 예방할 수 있는 대상으로 간주하기 시작했기 때문일 수도 있습니다. 과거에는 지금처럼 자살에 대해 자세히 설명하고, 이야기하는 사람이 없었습니다, 정죄하는 사람은 있어도, 예방하려는 움직임은 없었습니다."

나는 자살 예방이 매우 중요하다는 사실에 동의한

다. 하지만 또 다른 문제도 있었는데, 바로 자살한 이들의 가족, 즉 남겨진 자들을 향한 도움의 손길이다. 이와 관련해서 폼필리 박사의 의견은 비관적이었다.

"자살 예방 서비스 제공도 어려운데, **생존자**들에게 도움을 주는 것은 너무나도 먼 목표입니다. 지금으로써는 생존자들을 돕기 위한 절차도 제대로 확립되지 않은 실정입니다."

생존자들은 위로와 위안이 절박하다. 하지만 그들의 필요는 충족되지 않고 있다. 폼필리 교수는 그런 이유로 센터를 방문하기 위해 먼 곳에서부터 비행기나 기차를 타고 와 호텔을 잡는 사람들도 있다면서, 그런 사람들을 만날 때마다 그들의 노력에 놀란다고 했다.

"더 많은 도움을 주고 싶지만, 저희가 할 수 있는 일이라고는 그들의 말을 경청하는 것뿐입니다."

폼필리 교수와 그의 조력자들은 놀라울지 모르지만, 나는 그렇지 않다. 20년 전에 이런 곳이 존재했다면, 나 역시 이곳에 오기 위해 국토를 횡단했을 거다. 사실 내가 오늘 여기에 온 이유도 단순히 질문을 던지기 위해서가 아니라, 나를 이해할 수 있는 사람과 대화를 나누기 위해서다. 비록 수십 년이나 늦었지만 말이다.

생존자들은 위안받을 방법이 별로 없어서, 전문가가 이야기를 들어주는 것만으로도 큰 도움이 될 수 있다. 폼필리 박사는 그 사실을 잘 알고 있었다.

"많은 사람은 자신의 이야기를 받아들일 수 있을 뿐만 아니라, 이를 이해할 수 있는 학문적인 지식까지 갖춘 사람에게 마음을 털어놓는 것만으로도 카타르시스를 느낍니다. 우리 같은 전문가는 다른 사람들에게는 할 수조차 없는 질문에 답을 해주죠. 생존자들에게 자살하는 사람들의 행동 방식과 사고방식을 설명해줘서 그들의 의구심을 해소해주고, 도움을 줄 수 있습니다."

그렇다면 왜 이런 연구소가 이탈리아 전역에 있지 않고, 여기에만 있는 것일까?

"모든 것의 중심에 사람이 있기 때문입니다."

즉, 이 센터는 폼필리 교수가 있기에 존재할 수 있다는 거다. 그가 센터를 개설해야겠다는 의지를 가지고 끈기 있게 유지해나갔기 때문이다. 자살 위험이 있는 환자의 행동에 책임을 지겠다고 나서는 정신과 전문의는 많지 않다.

"극도의 스트레스를 감내해야 하는 상황을 감당할 수 있는 사람은 많지 않습니다."

게다가 불행히 관련 교육과정도 부족하다.

"이곳에 자살학과가 있는 것은 제가 있기 때문입니다. 제 학생들은 이 주제를 공부할 수 있지만, 다른 대학에서는 자살을 거의 다루지 않습니다."

나는 주변을 둘러본다. 우리가 있는 곳은 병원 지하층이다. 연구실에는 창문이 없어서, 한여름에도 조명을 켜야 했다. 나는 과감하게 농담을 던져본다.

"연구실 위치 자체가 심리적 억압을 나타내는 것 같군요."

폼필리 교수는 대화를 시작한 후 처음으로 웃음을 터뜨린다.

"아뇨, 그런 건 아닙니다. 지하층은 자살 전문의뿐 아니라 모든 정신과 전문의의 운명이죠. 우리에게는 항상 지하층이 배정된답니다. 뭣 좀 보여드리죠."

그는 자리에서 일어나 책상 옆 벽면에 붙여놓은 흑백 인물 사진들 쪽으로 다가간다.

"여기 이 사람들은 에드윈 슈나이드먼, 노먼 파베루, 로버트 리트먼입니다. 모두 위대한 미국 심리학자로 현대 자살학의 아버지들이죠. 이들은 1950년대에 세계 최초로 LA 자살예방센터를 세웠는데, 당시 이들의 연구실도 병원 **지하층**에 있었답니다."

자살 예방은 밑에서 시작해야 한다.

다행히 누군가는 오르막 경사로만 된 그 길을 걷기로 결심했다.

생수병 묶음.

　그날 기억 중 가장 마음 아픈 사소한 사실. 아무에게도 말하지 않고, 혼자만 간직하고 있는 사실.

　현관문 오른편에 생수병 묶음이 놓여 있었다.

　생수 여섯 병을 비닐로 싼 묶음이었다.

　S는 그 위에 올라가서 밧줄을 걸었다.

　밧줄이 목을 잡아당기고, 경련이 일어나는 순간, 다리를 뻗고, 생수병 묶음에 발을 얹기만 했어도, 그는 살아남았을 것이다.

　생수병 묶음은 불과 몇 센티미터밖에 떨어지지 않은 곳에 놓여 있었다. 발끝에 생수병이 스칠 수 있는 위치였다.

　그런데도 그는 살고자 하지 않았다. 숨이 끊어지기

전 마지막 순간까지도. 할 수 있었는데도, 그렇게 하지
않았다.

S가 죽은 지 몇 달이 지났다. 파티에서 볼로냐 출신의 청년을 만난다. 공동 지인의 소개로 인사를 나눈 뒤, 나는 계속 그와 대화를 한다. 파티에 특별히 아는 사람이 없기 때문이기도 하다.

그와 이야기하면서도 그를 제대로 바라보지 않는다.

그 일이 일어난 후, 남자에게 매력이나 흥미를 느낀 적이 없었다. 그런 일은 생각조차 할 수 없었다. 사람들의 얼굴도, 이름도 기억나지 않는다. 그들은 아무런 흔적을 남기지 못하고 그저 나를 스쳐 지나갔다. 새로운 사람들을 만나고, 새로운 관계를 맺는 행위 자체가 공상과학 영화나 소설에 나오는 달 탐사처럼 비현실적으로 느껴졌다.

볼로냐 청년은 호감형이었고, 대화는 기분 좋게 이

어진다. 적어도 그와 함께 있을 때만큼은, 다른 사람들과 있을 때처럼 형식을 차리지 않는다.

우리의 대화는 음악 취향, 최근 본 영화, 볼로냐의 아름다움과 카세로†, 현랑 등의 가벼운 소재로 이어진다. 그러다 갑자기 예기치 않게 그가 내게 "2년 전 가장 친한 친구가 자살했어. 내겐 형제와도 같은 친구였는데. 그 사건 이후 나는 너무 괴로워"라고 털어놓는다.

믿을 수 없다.

나와 같은 경험을 가진 사람을 만나는 것도, 그 경험을 솔직하게 털어놓는 사람을 만난 것도 모두 처음이었다.

"몇 달 전에 내 엑스가 목을 맸어."

내가 말한다.

우리는 웃고, 춤추고, 술을 마시는 사람들로 둘러싸인 이 외딴섬에서 마주친 두 생존자였다.

그제야 우리는 서로의 얼굴을 바라본다.

이제야 제대로 바라본다.

그리고 서로를 알아본다.

"그럼 지금 내가 어떤지 알겠네."

"완벽하게."

† LGBTI 센터가 있는 곳

우리는 저녁 내내 밀도 깊은 대화를 나눈다. 각자의 비극을 세세히 이야기한다. 신중함과 수치심에 다른 사람들에게 숨겨온 소소한 부분까지 모두 털어놓는다. 우리 사이에 거리낌은 의미가 없다.

그와의 대화는 그 어떤 상담이나 영매와의 만남보다 효과적이다.

드디어 설명하지 않아도 내 모든 것을 이해해주는 누군가를 만난 거다.

볼로냐 청년의 이름은 알베르토다.

우리를 소개해준 친구의 초대로 주말에 밀라노에 왔고, 다음 날 오후 볼로냐로 돌아간다고 한다.

작별 인사를 할 때 그가 말한다.

"그러고 보니 연락처도 교환하지 않았네."

말은 그렇게 하지만, 우리는 따로 연락처를 주고받지 않는다. 어차피 둘 다 어떻게 연락해야 할지 알고 있으니까.

월요일 저녁 그에게서 전화가 온다.

"너를 다시 만나고 싶어."

그가 말한다.

"나도 마찬가지야."

그 말이 너무나 자연스럽게 내 입에서 흘러나온다.

다음 주 토요일, 나는 그를 만나기 위해 볼로냐로 간다. 지난 주말 멈췄던 지점에서부터 다시 이야기를 시작한다.

"영원히 빛나는 네온사인과 같아. 다른 사람들은 끌 수 있는데, 나만 못 끄는 네온사인. 그 네온사인은 영원히 꺼지지 않을 거야. 조금씩 빛이 약해지거나, 아니면 너무 오래 켜놔서 익숙해질 수는 있겠지. 똑같은 거야. 처음에는 참을 수 없을 정도로 끔찍하게 보이던 것이 일상의 일부가 되고, 그러다 서서히 받아들이게 되는 거야."

영원히 빛나는 네온사인이라. 그 누구도 이토록 정확하게 내가 느끼는 감정을 표현한 적이 없었다.

알베르토는 내게 위안을 주는 것이 아니다. 그는 내게 믿을 만한 대본을 보여주고 있다. 이미 길을 가본 사람으로서 발자국을 보여주고 있다.

알베르토는 나보다 세 살 많았다. 짧게 깎은 머리에, 수염을 기르고, 체구가 큰 편이었다. 지금은 영업사원이지만, 그전에 오랫동안 볼로냐의 중요한 지역 라디오 채널에서 감독 겸 DJ로 일했다고 한다. 그 말을 듣는 순간 그가 DJ에 어울리는 목소리를 가졌다는 사실을 깨닫는다. 어쩌면 그의 말의 울림이 그토록 컸던 건, 조용하면서도 안정감이 있는 목소리 톤 덕분이었을 수도 있다.

그는 언젠가 한번은 어떤 여자가 라디오에서 나오는 그의 목소리에 홀딱 반해서 선물을 들고, 방송국 입구에서 그를 기다리기 시작했다고 했다. 그토록 친절하고, 확고한 호의를 거절하느라 매우 곤란했다고 했다.

나는 그 여자를 이해할 수 있다. 깊고 침착한 그의 목소리는 매혹적이다. 그의 목소리를 듣고만 있어도 마음이 평온해진다.

그는 나를 기차역까지 바래다준다. 작별 인사를 하면서 우리는 키스한다.

다음 날 저녁, 그에게서 다시 전화가 온다.

"대답을 바라는 건 아니지만, 너를 사랑하게 된 것 같아."

아무 말도 하지 않아도 되지만, 나는 "고마워"라고 한다.

이런 상태에 있는 나에게 반하는 게 가능한가?

하지만 알베르토는 나를 꿰뚫어 보고 있는 것 같다. 나를 나보다 더 잘 아는 것 같다.

다음 주말에 알베르토는 호텔을 예약했다.

그와 함께 밤을 보내는 것은 내가 다른 사람과 새

로운 사랑을 시작한다는 뜻이다.

　　그것이 과연 가능한 일인지 생각해본다.

　　가능할 것 같다. 어떡하든 할 수 있을 것 같다.

　　후에 나는 알베르토가 인내심이 있는 사람이라는 사실을 알게 된다. 인내심을 가져야 한다는 사실까지 그는 이미 생각하고 있었다는 걸.

그렇게 우리는 사귀기 시작했다.

나는 주말마다 그를 만나러 볼로냐에 간다. 그는 내게 도시 구경을 시켜주고, 자기 친구들을 소개해준다. 우리는 볼로냐의 현랑 밑을 걸으며 산책하고, 오후 내내 레코드점에서 음악을 들으며 시간을 보낸다. 음악은 우리의 공통 취미 중 하나다.

알베르토를 알면 알수록, 그가 더 좋아진다.

그 사실을 알면서도 너무 자주 다른 생각에 빠진다. 내 심장은 어둡고, 침범할 수 없는, 마비된 기관이다.

알베르토와 처음 보낸 몇 번의 주말 동안 내 기분은 로또 결과처럼 들쑥날쑥하다. 때로는 겉보기에 아무런 이상 없이 평온했지만, 때로는 정확한 이유도 없이 기분이 가라앉아서 30분 동안 알베르토를 옆에 앉혀놓고 차 안에서 절망적으로 울부짖었다.

그와의 육체적 관계도 냉탕과 온탕을 오간다. 때로
는 감정이 가는 데로 몸을 맡겼지만, 때로는 그렇게 하
는 것이 불가능하게 느껴졌다.

나의 이 정서적 분열증에도, 우리 관계는 발전했다.

가끔은 알베르토가 나와 함께 있어주겠다고 밀라
노까지 오기도 한다.

그가 밀라노로 온다는 건 곧 그 집에 머물러야 한
다는 것을 의미한다.

그럴 용기가 있는 사람이 세상에 얼마나 있을까?

하지만 알베르토는 두려워하지 않는다. 자기 스스
로 가까이에서 겪어봤기에, 어둠을 두려워하지 않는다.
그는 내가 스스로 정한 곳에서, 나의 어둠을 대면하도
록 내버려둔다.

그런 그를 얼마나 대단하다고 생각하는지, 그는 모
를 것이다.

첫 영화관 데이트 때, 우리는 중립적으로 (공상과학) 장르의 영화를 선택한다. 러브스토리도, 극적인 내용도 없고, 지나치게 로맨틱하지도 않고, 지나치게 현실적이지도 않은 영화로 말이다.

우주, 외계인, 미스터리, 모험이야말로 안전한 선택이었다.

(잔인한 운명의 장난인지) 영화 중간에 우주인 중 한 명이 불안해하면서 괴로워한다. 그가 사라진 것을 알아챈 동료들은 그를 자기 방에서 발견하는데, 그 순간 카메라는 공중에서 대롱거리는 그의 발만 화면에 담는다.

알베르토가 내 옆에서 그대로 얼어붙는 것이 느껴진다.

"나가자."

그가 말한다

나는 꼼짝도 할 수 없다. 영화관 좌석이 당장에라도 우주를 향해 발사될 것처럼 그저 팔걸이를 꼭 붙잡을 뿐이다.

그 장면으로 큰 충격을 받았지만, 그와 동시에 아무런 충격도 받지 않았다.

"일어나자."

알베르토가 재촉한다.

"됐어. 이미 지나갔는걸."

내가 말한다. 사실이다. 영화는 이미 외계인과의 전쟁과 우주의 위기 상황으로 넘어갔다.

"확실해?"

확실하다. 화면에 나온 장면은 머릿속에 맴돌기만 하던 생각을 뚜렷이 떠오르게 했을 뿐이다. 놀랄 일도 아니다.

나보다는 알베르토가 더 충격을 받은 것 같다. 불쌍한 녀석. 그는 내 기분을 바꿔주려고 한다. 한두 시간 다른 곳에서 시간을 보내자고 했다.

"괜찮아. 정말이야."

나는 그를 안심시킨다.

우주조차 충분히 멀지 않다. 항성 간 거리만큼 멀리 떨어진 곳에서도 내 사적인 비극의 메아리가 들려온다.

영화관 스크린이 내게 이렇게 묻는 듯하다.

"멍청한 녀석 같으니라고, 대체 어디로 도망갈 수 있다고 생각한 거야?"

런던은 언제나 진리다. 갈 때마다 항상 새롭고 흥미로운 일이 있고, 런던에 사는 친구들도 있다. 극장, 시장, 레코드숍과 서점. 런던에서 보내는 일주일은 완벽한 휴가다. 그래서 런던에 가자는 알베르토의 제안을 나는 기쁜 마음으로 수락했다.

런던에 도착하면 기운을 되찾을 수 있을 거라고 생각했다. 활기 넘치는 도시 분위기에 전염될 거라 생각했다. 게다가 나는 알베르토와 함께였고, 이번 여행은 우리가 처음으로 함께 보내는 휴가였다.

그럴 수 있을 거라 착각했다. 그럴 수 있을 거란 착각에 빠지고 싶었다.

관광을 하려면 의지와 흥미가 있어야 한다. 영국 땅에 비행기가 착륙하는 순간, 나는 내게 의지도, 흥미도 없다는 사실을 깨달았다.

내겐 그저 알베르토가 하자는 대로 따라 할 힘밖에 없었다. 알베르토가 캠든 마켓에 가자고 하면, 나는 그림자처럼 노점상 사이로 그를 따라다녔다. 소호에 있는 작은 식당에서 햄버거를 먹자고 하면, 말은 좋다고 하면서, 내 몫의 햄버거 1/3조각을 힘겹게 먹고 감자튀김 세 개를 깨작거렸다. 알베르토는 계속해서 내게 말을 걸고, 눈에 보이는 광경에 대한 느낌을 이야기해주고, 상점에 들어가고, 공원을 산책하자고 했지만, 나는 아무 말 없이 슬픈 표정으로 그의 곁에 있을 뿐이었다.

알베르토는 내 기분을 좋게 해주려고 노력했지만, 소용없었다. 그는 두 사람 몫까지 기뻐하려고 노력했다. 나의 무반응을 상쇄하려 했다.

나는 모래주머니를 끌고 걷는 느낌이었다. 어둠에 흠뻑 젖은 옷이 무겁게 느껴졌다. 한 걸음, 한 걸음씩 발걸음을 떼는 것만으로도 힘에 겨웠다.

둘만의 여행을 할 수 있을 거라는 생각 자체가 엄청난 실수였다.

비, 태양, 식당, 지하철 갈아타기, 프라임로즈 힐에서 천방지축 주변을 뛰어다니는 아이들의 고함을 들으며 잔디에 누워 있기.

힘들었다. 그 모든 것이 힘들었다. 나는 저녁노을

감상을 또다시 꾸역꾸역 참아냈다.

어느 날 오후에 알베르토는 어떡하든 나를 흔들고 싶은 마음에 어디로 가는지 말도 해주지 않고 내게 자기를 따라오라고 했다. 그는 나를 타투숍으로 이끌었다. 이틀 전에 지나친 가게였다. 진열장에는 정교한 그림들과 은으로 만든 해골, 징이 잔뜩 박힌 벨트, 문신한 허벅지와 팔뚝 사진, 일본 글씨가 쓰인 양피지 그림, 메탈 소재의 액세서리와 활짝 편 천사의 날개 한 쌍이 빨간 벨벳을 배경으로 진열되어 있었다. 1930년대 스타일의 글씨체로 쓴 '타투 스튜디오'라는 간판이 유리 진열장을 반쯤 가리고 있었다. 알베르토는 매료된 듯한 표정으로 탄약고 같은 진열장 앞에서 발걸음을 멈추고 구경했었다. 그때까지만 해도 단순한 호기심이겠거니 했는데, 이제야 자신의 본심을 드러냈다.

"오른쪽 젖꼭지에 피어싱을 하고 싶어."

나는 기가 막힌 표정으로 그를 바라보았다.

"미쳤어?"

"아니. 오래전부터 하고 싶었는데, 여기서 할래. 이 여행을 추억으로 남기고 싶어."

폭력적이지만, 나름대로 낭만적인 행동이었다.

나는 그가 혼자 타투 스튜디오에 들어가게 내버려두었다. 안에 들어가서 시술하는 과정까지 함께하고 싶지는 않았다.

나는 그마저도 해주지 않았다.

고통은 인간을 이기적으로 만든다. 바보로 만든다. 이 세상엔 나와 나의 비애만 존재할 뿐이야. 우리를 가만히 내버려둬.

피어싱을 한 날 밤, 호텔 방에서 알베르토는 자신도 한계에 이르렀다는 사실을 인정했다.

"나도 더는 못 하겠어. 여행이 네게 좋은 영향을 주리라 생각했는데, 너는 너무 멀리 떨어져 있어. 제대로 집중하지 못하고 생각이 항상 다른 데에 가 있어. 내가 네 곁에 있든 없든 차이가 없어. 길을 걸을 때도 주변을 둘러보지도 않고 회사에 출근하는 사람처럼 고개를 숙이고 앞으로 걷기만 해. 말도 거의 하지 않고."

그의 말이 옳다. 다 맞는 말이다.

"나도 알아. 네 잘못이 아니라는 걸. 하지만 이젠 나도 지쳤어. 이런 식의 만남은 소용없어. 우리 그만하자."

그가 내게 헤어지자고 했을 때 내가 느낀 첫 감정은 안도감이었다. 이제는 거짓 미소를 짓지 않아도 되고, 구경하느라 도시를 돌아다니지 않아도 되고, 억지로 즐거운 여행객 역할을 연기할 필요도 없어졌으니까.

좋아. 고마워. 그렇게 하자.

　나는 그의 말이 옳다고 했다. 이런 식의 만남은 무
의미하다고 했다.

　길게 이야기하지는 않았다. 사실 할 말이 그리 많지
도 않았다.

　그러다 어떤 일이 일어났다.

　알베르토는 지쳐 잠이 들었다.

　나는 잠을 이루지 못했다.

　나는 어둠 속에서 침대에 앉아 밤거리를 지나는 차
소리를 들으며 블라인드 틈으로 새어 들어오는 가로등
불빛과 의자에 걸쳐 놓은 우리의 옷을 바라보았다.

　그 상태로 생각하고, 생각하다, 깨달았다.

　순간 선택의 기로에 선 나의 모습이 더는 명확할 수
없을 정도로 또렷이 보였다.

　선택의 한 편에는 고통이 있었다. 나는 다시 고통에
몸을 맡겨야 했다. 지난 몇 달 동안 안개층처럼 나를 세
상과 분리해 그 무엇도, 그 누구도 나를 찾지 못하게 만
들었던, 이제는 이미 익숙해진 불안감이 몸을 감싸게
내버려둬야 했다. 그리고 다른 한 편에는 삶이자, 미래
인 그가 있었다.

　나는 내가 원하는 것은 무엇인지 자문했다.

　나는 내게 물었다. 계속 살고 싶어?

절망의 촉수가 나를 스치는 것이 느껴졌다. 그것들은 시꺼먼 침을 흘리며 나를 유혹하고, 뜨겁고 강하게 나를 감싸안았다. 우리야. 지난 몇 달 동안 네 곁을 지켜주었던 너의 동무. 우리 목소리가 들려? 우리를 알아보겠어? 우리는 네 일상이자, 네 기준이야.

우린 네 현실이야.

다시 나 자신에게 물었다. 계속 살고 싶어?

그리고 그 질문에 대한 대답을 강요했다.

다음 날 아침, 알베르토가 일어났을 때, 나는 말도 안 되는 제안을 했다.

"헤어지기 전에 딱 하루만 시간을 줘."

"그런다고 뭐가 달라져?"

"내가 달라졌어."

믿을 만한 약속처럼 들리지 않았다. (세상에 하룻밤새 변하는 사람이 어디에 있단 말인가?) 마지막 함정처럼 들렸다. 하지만 그곳은 외국이었고, 그곳에서 보내야 할 휴가도 남아 있었다. 남은 시간을 함께 보내도 잃을 것이 없었다.

그는 큰 기대는 하지 않는 표정으로 동의했다.

하지만 사실이었다. 나는 달라졌다.

이제 충분하다고 생각했다.

알베르토가 내게 허락해준 하루는 22년으로 연장
되었다. 그 기간은 지금도 연장 중이다.
생각지도 못한 순간, 내 생에 최악의 상황에, 운명
의 상대를 만났다.

연애 초반 알베르토가 짊어졌을 고통이 얼마나 컸을지 자주 생각해본다. 이제 겨우 자신의 고통에서 벗어나려던 때, 내 몫의 고통이 더해졌을 테니 말이다.

우리의 이야기는 상중에 시작했다. 사라져가는 애도의 마음이 커져가는 나의 애도하는 마음에 겹쳐지며 태어난 사랑이었다.

그는 내 곁에 머물기로 결심했다. 죄책감과 후회로 조형해, 나만의 신화에서 계속해서 불러내는 유령과 같은 인물 곁에, 나의 눈물 곁에 남아주기로 했다.

알베르토는 어떻게 이런 상황을 참아냈을까.

우리의 사랑은 네거티브 필름 같았다. 처음 사랑에 빠졌을 때의 희열과 기쁨 대신 눈물과 위기가 있었다. 첫 키스, 첫 데이트, 첫날 밤의 들뜸 대신 납덩이같은 무거움이 있었다.

물론 우리는 함께 있는 것이 좋았다. 하지만 그것은 양쪽의 지대한 노력의 결과물이었다. 우리는 각자의 고통이 축적된 무더기 위에서 불안하게 균형을 잡는 곡예사였다.

우리에게 행복은 미래의 전망이었다. 언젠가 찾아올 감정이었다.

그리고 마침내, 행복은 우리를 찾아왔다.

그냥 낫는 것이 아니다.

　　그냥 고통이 멈추는 것이 아니다.
　　그냥 용서하게 되는 것이 아니다.
　　그냥 구원받는 것이 아니다.

　　그 모든 것은 선택이다.

'그만, 고통은 그만, 이제 다시 시작할 거야'라고 말하고 정말로 그렇게 하는 게 가능할까?

나는 그랬다. 마치 온오프 스위치를 누르는 것처럼.

나는 온 스위치를 눌렀고, 그 순간 불이 다시 들어왔다.

뜬 눈으로 보낸 그날 밤, 나는 내가 한계에 이르렀음을 직감했다.

몇 달 동안 나는 S의 고통과, 돌이킬 수 없는 선택으로 그를 이끈 과정을 생각하며 괴로워했다. 그를 구하지 못한 나의 무능력을 생각하며 괴로워했다. 나는 영매를 찾아 답을 구걸했다. 나는 S의 고통이 드디어 영원히 끝났다는 말을 듣고 싶었다.

나 역시 행복할 권리가 있다는 것을 잊은 채, 오직

그의 행복을 위해 광폭 질주를 했다.

누구에게나 한계는 있다. 나는 내 한계에 이르렀다.
그 너머에는 심연뿐이었다. 삶을 포기하는 것뿐이었다.

지금 내 곁에서 잠든 이 남자는 내 인생에서 가장
암울한 순간에도 내 곁에 머물러주고, 그 어떤 낭만적
인 행동도 할 수 없었던 나를 사랑해준 놀라운 사람이
다. 내 최악의 모습을 사랑해준 사람이다.
나는 이조차 깨닫지 못했다.

때가 왔다. 지금이 마지막 기회다.
구원의 순간이 왔다.

"몇 달 동안 정신이 나간 상태로 지낼 수도 있다.
나뿐 아니라 모든 사람에게 일어날 수 있는 일이다.
정신이 돌아오면, 맞아들이면 된다. 집으로 돌아온 것을
환영해주면 된다."

— 하이디 줄라비츠,《접힌 시계: 일기》

차원을 바꾸다

프란체스카 잭스 가푸리는 빛나는 사람이다. 처음 인
터넷 동영상으로 그녀를 봤을 때 받았던 느낌을, 나를
바라보는 그녀의 명석해 보이는 반짝이는 시선에서 다
시 확인한다.

그녀의 이야기는 비극적인 가정사도 긍정적으로
승화하는 것이 가능함을 보여주는 훌륭한 사례다.

그녀에게 얽힌 일화는 유명하다. 2011년 10월 5일,
스위스 하키 국가대표팀 챔피언 경력의 페테르 잭스가
바리 산토 스피리토 기차역 철도에 몸을 던져 자살했
다. 그는 자살하기 사흘 전에 체코에 있는 어머니를 만
나러 가겠다며 벨린조나에 있는 자택을 떠났다. 그런데
체코 대신 이탈리아에서 정처 없이 떠돌다 풀리아에서

목숨을 끊은 거였다.

프란체스카는 그의 전처다. 둘 사이에는 세 딸이 있었다. 10년 후 프란체스카는 스위스 라디오 방송과 진행한 지극히 사적인 인터뷰를 통해 전남편의 자살로 겪은 경험을 공식적으로 밝혔다. 내가 그녀에게 연락하기로 마음먹은 것은 그 인터뷰를 듣고 난 후였다. 그녀는 나와의 만남을 흔쾌히 수락해주었다.

우리는 날씨가 기분 좋게 온화한 어느 날 로카르노에 있는 한 식당에 마주 앉아 점심을 먹는다. 프란체스카가 전화상으로 내게 묻고 싶은 것은 다 물어보라고 해주었기에, 나는 주저하지 않는다. 그녀의 미소가 그렇게 해도 된다고 허락해주는 것만 같다.

처음에 그녀는 내게 페테르가 얼마나 유명한 사람이었는지 설명해준다. 그녀 말을 듣고 보니 그는 대단한 셀럽이었던 것 같다. 하키는 스위스의 대중 스포츠였고 그는 훌륭한 선수였다. 그는 인기가 많았고 팬들과 청소년들의 존경을 받았다.

"솔직히 가끔은 어딜 가든 사람들이 알아보는 게 부담스러웠어요. 길을 걸을 때도, 식당에서 가족끼리 식사를 하고 있을 때도 사람들은 우리를 알아봤죠."

프란체스카가 말한다.

"팬들이 사생활에 끼어드는 걸 피할 수 없었어요."

페테르는 선수 생활을 은퇴한 후에 하키팀 감독을 맡았지만, 얼마 후 직장을 잃었다. 그렇게 똑똑한 데다, 6개 국어를 구사할 수 있는데도, 그가 스포츠계에서 다시 자리 잡기는 쉽지 않아 보였다. 그 때문에 페테르는 심각한 위기감을 느꼈고, 결국 도박에 손을 댔다.

둘이 이혼한 지 이미 3년이 지난 후였지만, 프란체스카는 페테르의 상태가 좋지 않다는 걸, 그에게 도움이 필요하다는 사실을 눈치챘다. 프란체스카는 페테르에게 심리상담사의 연락처와 티치노주 도박 중독 치료 지원 센터 무료 상담 번호도 알려주었다. 그는 프란체스카에게 상담사를 만나겠다고 약속했다.

"그러곤 얼마 후에 그에게 '10월 12일로 예약했어'라는 메시지를 받았어요. 하지만 그는 10월 5일에 풀리아에 있었죠. 그리고……."

프란체스카는 말을 끝맺지 않는다. 그럴 필요가 없으니까. 대신 전남편과의 복잡한 관계를 설명해준다.

"우리가 이혼한 이유는 남녀를 이어주는 이성적인 감정이 더는 존재하지 않았기 때문이에요. 하지만 이혼하고 나서도 저는 여전히 그를 매우 아꼈답니다. 우리가 함께한 멋진 순간들 때문에라도요. 우리는 오랫동안 사랑했거든요."

그녀에게 그가 자살했을 때 감정이 어땠는지 묻

는다.

"버림받은 느낌, 배신감과 슬픔의 감정이 오갔죠. 그이가 그 누구의 도움도 받아들이지 못할 만큼 외로웠다는 생각에 마음이 찢어질 듯 아팠어요. 감정 중에는 분노도 있었어요. 그가 한 선택으로 내가 대가를 치러야 했으니까요. 함께 자식을 낳은 사람들은 영원히 끊어지지 않는 끈으로 연결되어 있는데, 페테르가 내 허락도 없이 일방적으로 그 끈을 끊어버린 느낌이었어요."

일방적으로 끊긴 끈의 이미지가 마음에 와닿는다. 자식들의 존재가 그녀가 대면해야 했을 상황을 얼마나 더 복잡하고 다층적으로 만들었을지는 상상할 수 있었다.

프란체스카는 딸들의 고통이 자신의 고통보다 더 클 것이라는 사실을 직감했다. 우선 셋 다 아직 어렸고 (첫째가 스물한 살이고 막내가 열다섯 살이었다), 그토록 극단적인 행동으로 분명히 충격을 받았을 터였다. 프란체스카는 그때 목표를 세웠다고 했다. 딸들이 정상적인 삶으로 돌아갈 수 있게 하고, 이 고통스러운 경험을 아이들의 트라우마가 아니라 성장의 밑거름으로 삼는 것이었다.

내가 보기에는 엄청난 일이었다.

하지만 프란체스카는 딸들에 대한 책임감이 어떤 면에서는 자신에게 도움이 되었다고 했다. 아이들을 도와주기 위해 힘을 낼 수 있었다고 했다.

"게다가 셋은 정말 많거든요."

그녀가 솔직하게 털어놓는다.

"처음에는 아이들이 화도 많이 내고, 낙심도 많이
했어요. 버림받았다는 느낌이 너무 강했거든요. 다들
자기들이 아빠에게 아무런 의미도 없었다고 생각했죠.
그렇지 않다는 사실을 그 애들에게 납득시키는 건 힘
든 일이었어요. 저는 그이가 자살한 이유가 가족을 보
호하기 위해서였다고 믿어요. 도박에, 알코올 중독이었
으니 상태가 안 좋아질 수밖에 없었거든요. 그런 모습
을 딸들에게 보이고 싶지 않았던 것 같아요."

프란체스카는 오랫동안 특정한 상황을 다각적으
로 분석한 사람처럼 생각이 명확했다. 그래서 그녀와
함께 있는 것이 편하게 느껴지는 건지도 모른다. 처음
만난 사람인데도 평생 알고 지내온 사람 같다.

이따금 종업원들이 접시를 놓고, 가져가면서 대화
가 끊어졌지만, 우리에게 그들은 마치 홀로그램과 같았
다. 음식도 사소한 배경에 지나지 않는다. 우리는 음식
이 어디로 들어가는지도 모르게 식사를 했다. 식탁 앞
에 포크를 들고 앉아 있지만, 다른 차원의 현실에 있는
느낌이다.

그녀의 상황이 독특했던 건 남편의 유명세 때문이

었다. 나는 그토록 사적인 고통을 모두가 보는 앞에서 마주하는 상황이 어땠는지 묻는다.

내 질문에 프란체스카는 한숨을 내쉰다. 아픈 곳을 건드린 것이다.

"이미 쇠약해질 대로 쇠약해진 상태에서 다른 사람들의 평가를 듣는 것은 매우 고통스럽죠. 딸들은 TV에서 자기 아빠에 대해 부정적으로 말하고, 거짓 소문을 퍼뜨리는 것을 자주 들었어요. 하지만 이마저도 받아들여야 했죠. 저는 항상 아이들에게 '우리에겐 부끄러울 게 하나도 없어. 아빠 일은 그 누구의 잘못도 아니야. 그러니 너희도 고통을 받아들이고, 고통이 삶의 일부라는 사실을 배워야 해. 차원만 바뀌었을 뿐, 우리는 여전히 한 가족이라는 사실을 알아야 해. 우리 가족은 항상 다섯이라는 사실 말이야.'"

이야기하면 할수록, 그녀는 나를 놀라게 한다. 이혼에 자살까지 겪은 다음에 '차원만 바뀌었을 뿐, 우리는 항상 한 가족'이라는 말을 할 수 있는 사람이 얼마나 될까? 놀랍도록 성숙한 관점이었다. 프란체스카는 이것이야말로 진정한 사랑이라고 생각하는 것 같았다.

우리의 만남이 가능했던 건, 둘 다 자신의 이야기를 공개적으로 말하기로 결심한 덕분이었다. 그런 결정을 내리기까지 오랜 시간이 필요하다는 사실을 나는 너무나 잘 안다. 내게는 20년이라는 시간이, 그녀에게는 10년이라는 시간이 필요했다. 그럼에도 전남편에 대한 언론의 온갖 루머와 추측이 난무하던 당시에는 침묵을 지키다, 남편의 이야기가 잊힌 지금에 와서야 입을 열기로 했다는 사실이 어떤 면에서는 역설적으로 느껴졌다.

"지금 제 감정은 당시와는 매우 다르답니다. 하지만 제가 입을 열기로 결심한 건 무엇보다 페테르의 죽음이 다른 사람들에게 도움이 되기를 바라는 마음 때문입니다. 제 목적은 그뿐이에요. 그런 상황에 처한 사람들에게는, 자신과 같은 경험을 한 사람의 이야기가 큰 도움이 되죠. 그들에게 도움의 손길을 내밀지 않는 것은 죄악이라고 생각합니다."

나 역시 같은 이유로 이 책을 쓰기로 마음먹었기에, 그녀의 말에 전적으로 동의한다.

그러면 지금 페테르를 향한 그녀의 감정은 어떤가?

"저는 그를 매우 사랑하고, 제 마음은 평온합니다. 완전한 평화를 찾았어요. 저는 이 일로 많은 걸 배웠습니다. 말도 안 되는 것 같겠지만 그 일은 제가 성장할 기회가 되었어요. 저는 이젠 10년 전의 여자가 아닙니다. 그보다 훨씬 나은 사람이죠. 세 딸도 멋진 여성으로 성장했고요. 그토록 힘든 과정을 보낸 것이 아이들의 미래에 큰 도움이 되리라 생각합니다. 세상이 무릎을 꿇게 만들어도, 그 애들은 다시 일어날 힘을 어디에서 찾아야 할지 알 겁니다."

생존자들로 가득 찬 청중이 지금 나와 함께 프란체스카의 말을 들었으면 좋겠다는 생각이 든다. 그녀를 본받고, 그녀의 긍정적인 생각에서 힘을 얻으면 좋겠다.

그러는 새 점심 식사를 마쳤다. 문득 로카르노 호수가 내려다보이는 테라스에 앉아 식사하면서, 그때까지 한 번도 경치도 제대로 보지 못했다는 사실을 깨닫는다. 우리는 커피를 마시는 동안에는 경치를 즐기기로 한다. 프란체스카는 호숫가를 가리켜 보이며 자기가 어디에 사는지 알려주었다.

그런 다음 나를 기차역으로 다시 바래다준다.

그녀와 함께 두 시간도 채 안 되는 시간을 보내기 위해 스위스까지 왔는데, 그렇게 하기를 잘했다는 생각이 든다.

밀라노 직행열차는 이미 기차역에 도착해 있다. 프란체스카의 마지막 대답을 다시 한번 곱씹어본다. 자살과 같은 비극이 성장과 도약과 발전의 기회가 될 수 있다는 생각을 받아들일 수 없는 이들도 있을 것이다.

기차에 오르기 전에 그녀에게 마지막 질문을 던진다.

"사랑하는 사람이 자살한 지 얼마 되지 않아 상실감으로 고통 속에 살아가는 생존자가 있다면, 그에게 어떤 말을 해주고 싶나요?"

"문제를 한 번에 하나씩 풀어나가라고 말해주고 싶군요. 자기 자신에게 너그러워야 한다고요. 오늘 할 일을 끝내지 못해도 괜찮아요. 내일 하면 되니까요.

부끄러워하지 말라는 말도 해주고 싶어요. 그런 일에 부끄러움을 느끼는 것 자체가 말도 안 되니까요.

그리고, 도움을 받아들이라고 말해주고 싶어요. 고통을 통과하는 걸 두려워하지 말라고요.

마지막으로 믿음을 가지라고 말해주고 싶어요. 빛은 다시 비추기 마련이고, 그런 일을 겪은 다음에도 잘 살 수 있다고요. 심지어는 좋은 점이 있을 수도 있다고요.

자살은 아직도 금기시되는 게 현실입니다. 하지만 그럴수록 우리는 자살에 관해 이야기해야 합니다. 그건 자살 희생자들에 대한 의무예요. 여기서 자살 희생자에는 스스로 목숨을 끊은 사람들뿐 아니라 남겨진 자들도 포함됩니다. 생존자 중 그 누구도 자신의 선택으로 그런 일을 겪지 않았고, 아무도 그들을 향해 도움의 손길을 뻗치지 않으니까요. 저나 당신 같은 사람들은 각자의 이야기를 필요한 사람들과 공유해야 해요.

단 한 사람이라도 도울 수 있다면, 그건 멋진 일 아

닌가요?"

그 순간 우리는 포옹했다.

머릿속으로 이 책을 쓰기 시작한 지 벌써 20년이 넘었다. S가 죽은 후 몇 달 동안 나는 나를 덮친 혼돈을 정리하고, 그것에 형태와 구조를 부여하기 위한 단어를 찾기 시작했다.

마음속으로 나의 경험을 설명하기 위한 책을 구상하고 있었다. 평생 나와 같은 경험을 하지 않을 사람들을 위한 책이 아니었다. 독자들을 위한 책도, 대중을 위한 책도 아니었다. 나는 자살한 이들의 친척, 그들의 자식, 그들의 아버지, 그들의 어머니, 그들의 남편과 그들의 아내를 위한 책을 쓰고 싶었다.

남겨진 자들을 위해.

수많은 나를 위해.

"메모는 하고 있나?"

선배 작가가 전화로 던진 질문은 의미가 있었다.

그렇다. 나는 메모를 하고 있었다. 그 사실을 자각하기 이전부터.

나는 바보처럼 메모를 잘 하지 않는 편이다. 작가로서는 큰 단점이다. 나는 무임소장관無任所長官†처럼 수첩을 가지고 다니지 않는 작가다. 메모하는 것보다는 글을 쓰고 싶은 생각이 들 때까지 생각들이 머릿속에서 맴돌게 내버려두는 편을 좋아한다. 잊어버려도 어쩔 수 없다. 그 정도로 중요하지 않은 생각이었다는 의미일 테니까.

계속 미루기는 했지만, 이 책에 관한 생각을 잠시도 멈춘 적이 없다. 가끔 제자리에 잘 있는지 마음속으로 들춰보기도 했다.

글은 언제나 그 자리에 있었다.

처음 몇 페이지가 내가 타자기에 앉는 순간을 기다리며 대기하고 있었다.

언젠가는 책을 쓸 힘이 생길 거라고 생각했다.

그렇게 수십 년이 흘렀다.

† 국무위원으로 내각을 구성하는 일원이지만 정부의 특정한 행정 업무를 담당하지 않는 장관

이 책을 쓰면서 내가 느낀 애통함과 살을 찢는 듯한 괴로움을 설명하는 과정에서 이따금 진부한 표현이나 기계적인 문장이 나오곤 한다.

그럴 때마다 나는 뒤로 돌아가 그런 표현들을 지워버린다. 진짜 나의 글이 아니기 때문이다. 그런 문장들은 사람들이 그런 순간들을 회상하는 이들에게서 기대하는 뻔한 클리셰다.

진실은 전혀 다르다.

막상 시작하고 나니 이 책은 쉽게 쓰인다. 키보드 앞에 앉으면 글이 손끝에서 자연스럽게 흘러나온다.

너무나 오랜 시간 간직해온 글이기 때문이리라. 그동안 나는 이 글을 상상하고, 글에 형태를 부여하고,

독이 든 캐러멜처럼 혀로 음미했다. 이 글은 나의 습관이었다. 나는 이 글에 익숙해져 있었다.

젊은 시절, 언제 자신을 작가로 부를 수 있는지, 언제 스스로 그렇게 정의 내릴 수 있는 권위가 생기는지 자문하곤 했다. 나는 그 기준이 다른 사람들의 느낌이나 (표지에 자기 이름이 박힌 책을 출간한다든가, 베스트셀러 목록에 이름을 올린다든가, 문학상을 받는다든가, 문학 행사에 초대를 받기 시작한다든가, TV 인터뷰를 요청받는 등) 대중적인 인지도와 관련이 있다고 생각했다.

이 중에서 몇 가지를 달성하고 나면, 그보다 중요하고 의미 있는 목표가 또 있을 것만 같았다.

그러다 세월이 흐른 후에 나는 작가처럼 생각할 때 비로소 진짜 작가가 된다는 사실을 깨달았다. 작가란 살면서 겪은 일을 잘 간직하고, 사람, 장소, 사건을 기억하고, 과거를 이야기의 형식으로 불러내고, 어떤 일을 겪으면 경험에 그치지 않고 시작과 전개와 결말을 찾기 위해 이를 분석하고, 글을 통해 사물에 의미를 부여하기 때문에 작가다.

내가 작가인 이유는 마음속 깊은 곳에 이 책을 쓸 것이라는 확신을 간직하고 있었기 때문이다. 문제는 이 책을 쓸지 말지 여부가 아니라 언제 쓰느냐였다.

원고를 수십 장이나 쓰고 나서도, 내가 정말로 이 책을 쓰고 있다는 사실이 실감이 나지 않았다. 그냥 메모인 것 같고 습작인 것 같았다.

내가 쓰고 있는 글이 내가 쓰려던 그 책이라는 확신을 가지기 위해서는 친구들의 도움이 필요했다. 나는 계절마다 다섯 명의 동료 작가와 저녁을 먹으며 함께 어울리면서 거나하게 취할 때까지 술을 마시곤 한다. 식사를 마치고 커피나 아마로†를 마실 때가 되면 수다스러운 분위기가 가라앉고, 속 깊은 대화를 나눌 수 있는 분위기가 형성되는데, 그러면 서로 "다들 글은 쓰고 있어?"라고 묻는다.

---

† 허브로 만든 이탈리아 전통 식후주

그날 밤 식당에 갈 때까지만 해도 다른 프로젝트 이야기를 할 생각이었다. 노트북 '소설 기획안' 파일 안에서 이따금 내가 파일을 열고, 몇 챕터라도 글을 써주기를 기다리는 발아 단계의 소설들을 이야기하려고 했다. 최소한 다섯 편의 소설이 그 연옥에서 헤매고 있었다. 그중에 하나를 골라서 말해줄 생각이었다. 하지만 알코올의 힘으로 문학적 양심이라도 생겨난 듯 동료 작가들 앞에서 거짓말을 하는 것이 무의미하게 느껴졌다.

내 차례가 왔을 때 나는 그들이 잘 모르고 있던 내 삶의 일화를 다룬 책을 쓰고 있다는 사실을 털어놓고, 이 책에 관해 이야기했다. 더불어 이 책과 내 데뷔작의 관계와 다소 가벼운 톤의 기존 작품들과 거리가 먼, 지극히 사적인 내용을 글로 옮기면서 느끼는 불안감을 고백했다.

모두 작가들만 이해할 수 있는 고민이었다.

내 말을 듣고 일동은 작가의 영감을 따르는 것이 좋은지 아니면 예술적 일관성을 유지하는 것이 좋을지를 두고 활발한 논의를 벌였다. 말하다 흥분하는 친구들도 있었다. 나는 내 친구들이 나를 위해 논쟁하는 장면을 재미있게 바라보았다. 그러다 긴장감이 가라앉자, 우리는 포옹으로 저녁을 마무리했다.

집으로 돌아오는 길에 머릿속에는 단 하나의 생각이 떠올랐다. 그래, 이제 정말로 소설을 끝내기로 마음먹었구나.

이번에는 돌이킬 수 없다.

업무상 관계가 있는 TV 방송국 사무실에서 업무를 보
는데, 동료가 서류를 작성하다 오늘 날짜를 묻는다. 그
에게 날짜를 알려주는 순간 나는 퍼뜩 깨닫는다. 그날
은 S가 죽은 다음 날이었다.

　순간 정신이 멍해졌다. 이는 곧 하나의 사실을 의미
한다. 그의 기일을 잊었다.

　S가 죽은 지 얼마 되지 않았을 때는 그날이 가까워
오기만 해도 괴로웠다. 끔찍한 기념일이었다. 악몽을
기념하는 날이었다. 그날만 되면 공기 중에 S의 존재가
느껴지는 것만 같았다.

　세월이 흐르면서, 그런 느낌마저 희미해졌지만, 어
쨌든 그날이 중요하고 극적인 날이라는 사실에는 변함
이 없었다.

　그랬는데 지금은 (게다가 이 책까지 쓰고 있는데!) 그

날을 기억하지도 못하고 지나친 거다. 모순적으로 보일 수도 있지만, 나는 그렇게 느끼지 않았다.

이 이야기와 관련된 다른 많은 것처럼, 이제 일상이 상징에 우위를 차지하게 되었음을 의미했다. S를 향한 내 생각과 그와 함께한 추억의 존재감이 너무나도 뚜렷하고, 널리 퍼져 있어서 그가 세상에 남긴 흔적이나, 소지품, 기념일이 가치를 잃었다.

그의 기일을 잊은 것은 실수가 아니라 극복이었다.

"그 일을 생각하지 않는 순간은 없을 거야, 라고
생각했던 기억이 난다. 내가 옳았다. 내가 틀렸다."

— 에이미 헴펠, 《클라우드랜드》

나는 결국 S가 남기고 간 편지와 공책을 다시 읽지 못
했다.

내겐 그럴 만한 힘이 없었다. 그 편지에는 비난과
용서, 사유, 나와의 추억, 후회와 의식의 흐름이 담겨 있
다는 사실을, 나는 안다. S가 내게 남긴 마지막 자화상
이었다.

그 글을 다시 읽는 것이 내게 어떤 영향을 미칠지
알 수 없다. 상처가 너무나 클까 봐 두렵다.

나는 그의 편지들을, 모든 것을 태워버릴 불씨를
품은 보물처럼 서랍에 넣어 열쇠로 잠가두었다.

나를 사랑하고, 내가 사랑할 수 있는 다른 누군가를 찾아야 한다.

나는 이런 해결법이나 치료법을 받아들일 만큼 순진하지는 않다.

지금 글로 쓰면서도 한심하게 느껴진다.

이런 상황에서 선명하고 명확한 것은 없다. 공식이나, 방법, 약, 비밀은 존재하지 않는다.

비법을 알려주면 수수께끼가 풀리는 식으로 일이 돌아가는 것이 아니다.

모든 사람에게는 각자의 길과 시간이 있다. 각자의 방법이 있다.

아니, 정확히 말하면 각자 방법이 있는 것이 아니라, 각자 임기응변한다. 기분에 따라 상황에 대처한다.

주변에 생각해주는 사람들이 많아도, 결국은 혼자서 문제를 풀어야 한다. 그럴 수밖에 없다.

종교에서 위안을 찾는 이도 있고, 심리 치료를 받는 사람도 있다. 일에 열중하는 사람도 있고, 자식을 삶의 목표로 삼는 이도 있고, 사는 곳, 친구들을 비롯해 삶을 완전히 바꾸는 이들도 있다.

그래야 할 것 같은 생각을 따른 거라면, 올바른 선택을 한 거다.

과정이나 방법에 상관없이, 중심은 변하지 않는다. 어느 시점에서는 앞으로 나아가는 것을 스스로 허락해야 한다는 말이다.

자기 자신을 용서해야 한다.

그렇다. 우리는 그를 구원하지 못했다.

　그럴 능력이 없었다.

　상황이 얼마나 심각한지 이해하지 못했다.

　신호를 눈치채지 못했다.

　위협을 진짜라고 생각하지 않았다.

　그의 괴로움이 얼마나 깊은지 이해하지 못했다. 설사 느꼈다 해도, 그를 저지할 방도를 몰랐다.

　항상 그의 곁에 있어주지 못했다.

　전지전능하지 못했다.

　평생 우리의 한계를 늘어놓을 수도 있다. 어떤 식으로든, 아마도 우리는 계속 그렇게 할 수밖에 없을 것이다. 하지만 삶을 지속하고 싶다면, 언젠가는 자신에게 자비를 베풀고, 스스로 정죄하기를 그만두어야 한다.

살면서 마약을 한 적은 별로 없다. 마약을 해도 성인이
되어 내 행동이 무엇을 의미하는지 충분히 판단할 수
있게 되었을 때, 사교적인 자리에서만 했다. 대형 클럽
에서 한 적도 있었고, 대개는 해외에 있을 때였다. 암스
테르담의 낡은 극장 건물의 발코니, 베를린의 버려진
공장, 브뤼셀 지하 클럽이나 마드리드 외곽에 있는 대
형 텐트 건물에서 땀에 젖은 수백 명의 반나체 남자들
에게 둘러싸인 채 마약을 한 적도 있다. 그럴 때면 사람
들이 나를 둘러싸고 똑같은 동작으로 움직이는 것 같
았다. 축축하고 친절한 인류가 넓게 퍼져서 박동하는
거대한 심장 안에 있는 것처럼 스피커로 쌓아 올린 벽
에서 울리는 쿵쿵대는 베이스 리듬에 맞춰 춤을 췄다.

　화학 약품이 선사하는 우주적인 황홀경에 사로잡
혀 창조물과 삶과 나와 같은 종족들이 뒤섞여 진동하

는 것 같았다. 영혼과 육신이 흥분하는 그 순간, 나는
한 번도 빠짐없이 S를 생각했다. 마약에 취해서 나오는,
지극히 세속적이고, 순수한 기도였다.

　네가 행복하길 바라, S. 네가 진정한 평화를 찾았기
를 바라. 나는 알베르토 덕분에 평화를 찾았어. 이 모
든 것에 의미가 있겠지. 그랬으면 좋겠어. 언젠가는 나
도 그 의미를 이해하겠지. 너를 향한 증오는 평생 사라
지지 않겠지만, 더 중요한 건 너를 향한 사랑도 영원할
거라는 거야. 네가 행복하길 바라, S. 지금 네가 어디에
있건.

감사의 말

이 책이 나오기까지 도움을 준 고마운 이들이 너무나 많다.

먼저 이 작품을 무사히 끝마칠 수 있다는 확신이 없었을 때 원고를 읽고, 의견을 주고, 용기를 북돋아준 친구들, 특히 안토넬라, 조르조, 파올로.

자기 말을 인용하도록 허락해준 리카르도.

마우리치오 폼필리, 드니스 에르부토, 지아다 마슬로바리크를 비롯해 비록 이 책에는 일부만 반영됐지만, 각자의 경험을 공유해준 여러 전문가.

감명 깊은 사연을 들려준 프란체스카 잭 가푸리.

항상 나를 이해해주고, 지켜준 모니카.

가장 힘든 순간 내 곁에 함께해준 부모님과 누나.

도움이 필요할 때 각자의 방식으로 내게 손을 내밀어준 모든 이들.

그리고 당연하지만 알베르토……

아마도 그는 이 책을 읽지 않겠지만, 상관없다.

남겨진 자들의 삶,
치유라는 문학의 힘

《남겨진 자들의 삶》은 장르를 규정하기 어려운 책이다. 작가의 실제 경험을 바탕으로 한 자전적 소설이기도 하고(작가 자신은 이 책을 소설로 규정한다), 사랑하는 이의 자살 후 트라우마를 극복해나가는 과정을 그린 에세이이기도 하다.

마테오 B. 비앙키는 1966년생 이탈리아 작가다. 그는 TV 작가, 잡지사 편집자 등으로 활발하게 활동하다 1999년에 동성애자로서 자신의 정체성을 반영한 소설 《사랑의 세대》로 등단한다. 《사랑의 세대》에는 한 해 전인 1998년 11월에 자살한 S도 등장한다. 마테오와 S는 7년 동안 동거했고, S는 그와 헤어진 지 몇 달 만에 자살했다. 그것도 마테오의 집에서.

'대체 왜 그런 걸까?' '나 때문인가?' '조금만 더 신경을 썼다면, 그의 고통을 이해했다면, 내가 그를 떠나지

않았다면, 그는 아직 살아 있지 않을까?'

가슴 속에 가득 찬 의구심은 고통, 상실감, 회한과 함께 주인공의 영혼을 좀먹는다. 슬픔과 무기력에 빠진 그에게 선배 작가는 모든 것을 글로 기록해두라고 충고한다. 그리고 오랜 세월이 지난 2023년, 마테오 비앙키는 '남겨진 자'로서 20여 년의 '생존담'을 그린 《남겨진 자들의 삶》을 출간한다.

소설의 도입부는 강렬하다. 사이렌 소리와 함께 집으로 들이닥친 구급 대원들, 이웃 사람들의 의아한 시선, 그리고 바닥에 놓인 S의 시신. 마테오 비앙키는 첫 문장부터 독자를 자신이 체험한 생생한 혼란과 고통의 현장으로 끌고 들어간다.

그 후 작가는 S와의 추억과 그를 향한 분노, 슬픔, 회한, 체념을 오가는 감정의 변화를 중심으로 '남겨진 자'이자 '생존자'로서의 경험을 파편화된 방식으로 서술한다. 일반적으로 자살을 소재로 한 소설은 자살한 이를 중심으로 전개된다. 하지만 《남겨진 자들의 삶》은 제목처럼 철저하게 사랑하는 이의 자살이라는 트라우마를 견뎌내고 살아남은 생존자의 시점에서 전개된다. 실제로 이 소설에는 S가 자살한 이유가 명확하게 드러나지 않는다. 그보다는 마테오가 (옛) 연인의 자살이라는 심연을 피하지 않고, 스스로 이와 마주하며 그 안에 들어가 자신의 힘으로 빠져나오기까지의 과정이 중요하기 때문이다. 저자는 이 책을 집필하기로 한 이유가 자신과 비슷한 경험을 가진 이들에게 위안과 희망을 주고 싶었기 때문이라고 한다.

세계적으로 40초마다 한 명이 자살한다.

매년 100만 명 이상이 스스로 목숨을 끊는다(살인이나 전쟁으로 발생하는 사망자 수보다 높은 수치다).

성공하지 못한 자살은 이보다 열 배는 많을 것으로 추정된다.

이탈리아에서만 연평균 4,000여 명이 자살한다.

세계적으로 자살하는 사람들이 이토록 많다는 증거와 자료가 있는데, 왜 사랑하는 사람의 자살을 겪고 생존한 이들은 여전히 절망에 빠져 세상에서 그런 일을 겪은 사람은 자기뿐이라고 느끼는 걸까?

정확히 말해서, 왜 나는 여전히 그렇게 느낄까?

사랑하는 이들을 잃은 사람은 많지만, 자살을 이야기하는 것은 여전히 금기시한다. 가까운 친구나 가족을 떠나보낸 남겨진 자들의 영혼은 죄책감에 잠식당한다. 작가 역시 자신이 S의 죽음을 막을 수 있지 않았을지 끊임없이 자신에게 되묻는다. 남겨진 자들의 책임은 과연 어디까지일까? 아무도 판단할 수 없다. 마테오 비앙키는 이에 대한 답을 찾는 과정에서 수많은 시도를 한다. 정신과 상담을 받아보기도 하고, 영매를 찾기도 하고, 기 치료를 받기도 한다. 처음에는 친구들의 위안도, 그 어떠한 상담이나 치료도 그의 마음에 안식을 가져다주지는 못한 것 같다. 하지만 시간이 흐르면서 TV 드라마, 노래 가사처럼 일상에서 마주친 아주 사소한 우연이나 자신과 같은 경험을 가진 이들과의 만남과 교류를 통해 서서히 마음의 평온을 되찾는다.

《남겨진 자들의 삶》은 출간 후 이탈리아에서 큰 반향을 불러일으켰다. 작가는 일인칭 시점으로 픽션과 논픽션의 경계선을 오가면서 생존자의 삶을 생생하게 들려준다. 특히 페이지의 여백을 십분 활용해 과거와 현재, 감정과 사유를 오가는 파편화된 서술 방식은 그의 절제된 문체와 더불어 글의 몰입감을 높이고 독자에게 강렬한 인상을 남긴다.

연인의 죽음, 그와의 추억, 격변하는 감정 등 소설적인 서사가 중심을 이루었던 전반부와는 달리 책의 후반부에는 주인공이 트라우마를 이겨나가는 과정이 세세하게 묘사된다. 마테오 비앙키는 무엇보다도 자신과 똑같은 아픔을 가진 이들에게 도움을 주고 싶어서 이 소설을 썼기 때문이다. 마테오 스스로, S를 잃었을 때, 자신과 같은 경험을 한 사람들을 다룬 책이 없어서 힘들었다고 고백한다. S가 떠나고 오랜 세월이 흘러 평생 아물지 않을 상처에 딱지가 내려앉은 후에야, 작가는 자신이 경험했던 공백을 메우기 위한 작품을 세상에 내놓았다.

처음 이 책을 읽었을 때, 미야모토 테루의 소설《환상의 빛》이 떠올랐다. 젊은 아내와 젖먹이를 남겨놓고 아무런 이유 없이 질주하는 전차를 향해 걸어간 남편. 그런 남편을 떠나보낸 후 상실과 고통을 이겨내는 아내를 아련한 감성으로 그려낸《환상의 빛》과 동거하던 집에서 목을 맨 옛 애인의 죽음을 극복하는 치열한 투쟁기를 담담하게 그린《남겨진 자들의 삶》. 두 작품은 전혀 다른 방식으로 '희망'을, '그래도 삶은 계속된다'라는 메시지를 전한다.

《남겨진 자들의 삶》은 비단 자살로 사랑하는 이를 떠난 이뿐만이 아니라, 살아가면서 큰 아픔을 겪은 모든 이에게 위안이 되는 책이다. 작가가 자신이 직접 고통을 마주하고 이겨내는 과정을 섬세하게 묘사하고, 이를 통해 희망의 메시지를 전하고 있기 때문이다. 상처받은 모든 이에게 문학을 통해 '치유'의 손길을 내밀기 때문이다.

옮긴이 김지우

이탈리아에서 어린 시절을 보냈고 한국외국어대학교 이탈리아어과를 졸업했다. 동 대학교 국제지역대학원에서 유럽연합지역학으로 석사학위를 받고 현재 이탈리아대사관에서 근무하고 있다. 주요 번역 작품으로는 로셀라 포스토리노의 《히틀러의 음식을 먹는 여자들》, 엘레나 페란테의 《나의 눈부신 친구》 《새로운 이름의 이야기》 《떠나간 자와 머무른 자》 《잃어버린 아이 이야기》 《버려진 사랑》 《잃어버린 사랑》 《성가신 사랑》, 파올로 발렌티노의 《고양이처럼 행-복》, 발렌티나 잔넬라의 《우리는 모두 그레타》, 파올라 비탈레의 《해파리 책》과 베티 피오토의 《씨앗 속에서》 등이 있다.

남겨진 자들의 삶

1판 1쇄 발행 2024년 12월 30일

지은이 마테오 B. 비앙키 옮긴이 김지우
펴낸곳 (주)문예출판사 펴낸이 전준배
기획·편집 백수미 이효미 박해민 디자인 박연미
영업·마케팅 하지승 경영관리 강단아 김영순

출판등록 2004. 02. 11. 제,2013- 000357호 (1966. 12. 2. 제 1-134호)
주소 04001 서울시 마포구 월드컵북로 21
전화 02-393-5681
팩스 02-393-5685
홈페이지 www. moonye. com
블로그 blog. naver. com /imoonye
페이스북 www. facebook. com/moonyepublishing
이메일 info@moonye. com

ISBN 978-89-310-2416-6 03880